S P R I N G

每一本好書都是一顆種子，
春天播種在你的心田夢土上。

Spring

S P R I N G

每一本好書都是一顆種子，
春天播種在你的心田夢土上。

S P R I N G

每一本好書都是一顆種子，
春天播種在你的心田夢土上。

Spring

S P R I N G

每一本好書都是一顆種子，
春天播種在你的心田夢土上。

地獄系列
第十一部
11
地獄天劫

自序

時序轉眼又到了二〇一三年，好快，地獄也寫到第十一集了。

第一集，地獄列車，第二集，地獄遊戲，第三集，地獄戰役，第四集，地獄殺陣，第五集，地獄浩劫，第六集，地獄烽火，第七集，地獄禪滅，第八集，地獄獨行，第九集，地獄迴歸，第十集，地獄法則……

第一本地獄列車出書時間是二〇〇六年二月，換言之，這十一本作品，花了我整整八年。如果有一個讀者，是從第一本地獄列車開始看的，看到現在，其實等於我們已經認識了八年；八年，可是能讀完一個國中、一個高中，還順便念了兩年大學。

但無論你是從地獄列車開始，還是從中間的地獄獨行插入，我都非常謝謝你們，因為，是你們讓這些角色不孤單，少年H、狼人T、吸血鬼女、阿努比斯、貓女，還有很多曾經出場、依然在場上，或是退場的人物。

最後，還是要報告一下我現在的人生進度，第二個小孩出生四個月囉，處女座，是一個憨厚的帥小子。

而老大晨也快要進入幼稚園了，除了寫故事，我的人生正穩穩而踏實的前進著，未來有天，他們或許也會看小說，或許會對我說：

「爸爸，聽說很久以前有部作品，叫做地獄系列，你知道嗎？」

「當然知道，」我眼睛一亮，「你們有興趣嗎？」

「沒有欸。」我女兒和兒子聳肩，「只是我們老師說，這是一部創紀錄的作品。」

「怎麼創紀錄？」

「每次下集預告都和實際內容不一樣的作品啊。」女兒和兒子搖頭。「老師拿這本書當作反面教材，告訴我們人要誠實。」

唉，還是不要胡思亂想好了，繼續寫我的故事。對了，這本書要取什麼書名呢？

就叫做地獄蝕壹吧？如何？（被亂毆）

Div

前情提要

在數百萬雙眼睛的注視下，女神與蒼蠅王的對決終於結束，蒼蠅王苦思了千年的計謀，終究沒走過女神最後的心機，一張恐懼的月亮牌，喚醒了蒼蠅王內心最歉疚的秘密，而那個秘密，竟然不是神魔，而是一個人類女孩。

看著這個人類女孩，蒼蠅王那支縱橫天地的命運之矛，縱然對準了女神胸口，落不下去，就是落不下去。

於是，女神以她最輕柔、也最殘酷的擁抱，抱碎了這柄矛，更將蒼蠅王的形體毀滅，這場戰役，宣告結束。

女神才敗蒼蠅王，聲勢立刻推上了史無前例的最高峰，女神團人數也激增到六十萬，距離完全破關，只剩一步之遙。

能夠阻擋女神破關的最後一步，只剩下一個人。

那個人，和女神交手了三次，第一次將聖甲蟲送到女神面前，結果被死者之書的正義牌穿胸而過；第二次以自身為媒介，逼出濕婆與女神決戰，女神贏了，但也只剩三成功力；第三次那人更逃過阿努比斯追殺，離開了台北火車站。

他是牌桌上最早現身的一張牌，但被抓三次，卻也逃過三次，以女神之能，竟然始終無法將他驅離牌桌。

他是誰？他是，少年H。

他帶領獵鬼小組逃到台北城的西方，與天使團結盟，締造人與妖怪合作的超級強隊，然後他們第一個任務，就是找到「黑蕊花」。

黑蕊花，這個出生條件極難被滿足的道具，竟然在這個關鍵時刻誕生了！沒有人確切知道它的功用，但所有人卻都明白，它極為重要！

重要到，足以決定地獄遊戲的命運。

於是，在霧都林口，各方勢力展開了寶物的追逐戰，代表女神勢力的阿努比斯，召喚出最可怕的四十五萬人的人肉搜尋，無孔不入的滲入每個角落，要找出黑蕊花的下落。

南埃及與北埃及的獸神們更在女神的壓力下，紛紛甦醒，投入戰局，讓獵鬼小組與大使團陷入苦戰。

而更令人玩味的是，見證黑蕊花道具誕生的那個男人，狡猾的九指丐，他依然藏身在林口，他在等什麼？在這場寶物追逐戰中，他又會扮演什麼樣的角色？

欲知詳情，請看，地獄十一。

「時間，黑蕊花，夥伴，死亡，失去記憶。」

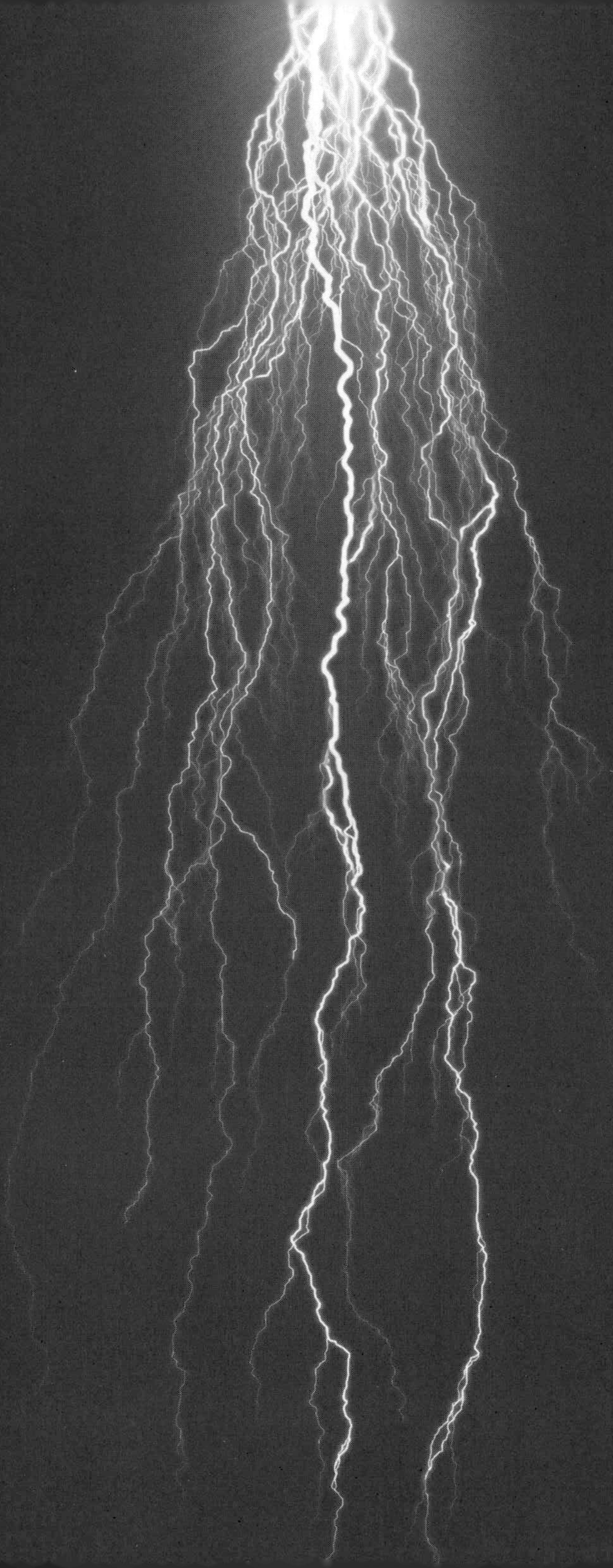

地獄天劫

楔子

多年前，有次九尾狐突然問起蚩尤。

「那個人，到底在哪？」

「誰？」

「你知道我說誰。」

「哈，妳說那個人嗎？他在……躲劫。」

「躲劫？」

「最大的天劫，會去找人間地獄中，最強、最完美的那個人。」

「什麼劫？」

「不知道，沒人知道，我不知道，他也不知道，但我確信，他不現身的原因是因為那個劫，也許不是躲，而是在等。」

「等？」

「如果非來不可，也只能等。」蚩尤一笑，獠牙閃爍豪氣光芒。「等它來，然後化解它。」

九尾狐沒有再問，因為她知道，就算是神，也無法理解天意，但她內心卻隱隱泛起一絲漣漪。

自己的命運，和那個人有關，從她還是小狐狸開始，而且，不會就此結束。
那個人會回來，終有一天，會回來。

楔子二

林口，又起霧了。

一間咖啡館內，一個身穿黑色大衣的男人，正優雅而斯文的享受著一塊紐約乳酪蛋糕。

而他的桌上，擺著一台手機，手機上許多的訊息，正快速的翻新著。

這些訊息包含了——

「女神團人肉搜索討論串：眼鏡王蛇逆轉天使團二十三號，狼人T逃亡。」

「發現天使團的比爾與貓女行蹤，他們轉移到了一家便利商店，比爾正在監控整個戰局。」

「吸血鬼女的魔法奏效，擊敗了眼鏡王蛇。」

「狼人T被疑似眼鏡猴的人帶走。」

「發生可疑爆炸，刺蝟女被一大群玩家追殺。」

「刺蝟女被一個男人救走……那男人？難道就是少年H？」

黑衣男子慢慢的，一口一口吃著蛋糕，偶爾將眼神瞄向手機一眼，但大多數的時候，他都看著門外的霧。

他的眼神銳利而深沉，似乎在思考著什麼。

然後，他伸出手指，滑動了一下手機螢幕，螢幕畫面快速變換，回到了剛才某個訊息的位置，以及訊息所標示的地圖座標。

「便利商店嗎？」阿努比斯沉吟著，「天使團的戰局監控者，叫做比爾嗎？」

「比爾，我記得，人世有一個比爾，是個科技天才，對程式癡迷的程度，已經到了無法想像的地步……」阿努比斯再度將眼神轉向門外的濃霧，然後，嘴角揚起一個殺氣濃烈的笑。

「啊，H，我好像想到擊敗你的方法了。」

「雖然，這方法有點卑鄙，」阿努比斯笑，「不過對付你，得用點心機才行啊。」

第一章　有沒有人說過，其實我很羨慕你？

她喘息，她呼吸沉重，她感到生命絕望。

她不是別人，她是刺蝟女。

數年前加入地獄遊戲，成為了一名人類玩家，現實世界的她，是一個護士，就算薪水比一般人優渥，但生活作息不正常，加上工作壓力大、步調快，忙到沒時間交男友，於是她在某個夜晚，在地獄遊戲中，輸入了自己的密碼和帳號。

然後，就是長達數年的遊戲時間。

在這幾年內，她體驗了以前從未體驗過的生活，那是一個只有生存、只有戰鬥的生活。各種玩家，有的強悍，有的卑鄙，有的虛弱，有的則是厲害到無法用言語形容。

然後，她加入了斐尼斯軍團，更遇到了眼鏡猴。

一個聰明絕頂，但內心卻藏著黑暗角落的宅男。

只是，如今這個宅男入了魔道，他透過與某人的「契約」，打造出一隻機械手臂，那個邪惡的某人給了眼鏡猴力量，但也要他付出相對的代價。

那個代價，就是眼鏡猴的靈魂，以及，狼人T的心臟。

狼人T的心臟，據說，是擁有極為神秘力量的高密度靈體。

「這心臟，一直埋在那狼人的胸口，實在太可惜了！」那個某人是這樣說的，「我從開膛手傑克那時候就發現，這心臟絕非凡物，擁有如此驚人的能量，結果竟然只拿來讓那隻笨狼全身變白而已？」

於是，某人給了眼鏡猴惡魔般的力量，替眼鏡猴打造出這隻「機械手臂」，並訂下奪取狼人T心臟的契約！

而狼人T的心臟，在被眼鏡猴挖出來的最後一刻，爆發驚人的力量，化成一個女子人形，對刺蝟女發出求救。

「求妳，去找他。」那女孩有著俏麗的短髮，還有一雙好任性但又讓人著迷的眼睛。

「找誰？」

「找一個能擊敗眼鏡猴，也能讓狼人T完全信任的人。」

「啊？」

刺蝟女還沒想通這女子人形想說的答案，她已經被靈力心臟化成的漩渦給捲入，然後沖出了門外。

於是，刺蝟女帶著重傷，想要尋找那個「能擊敗他，又能讓狼人T完全信任的人」，只是天不從人願，刺蝟女才剛走上大街，馬上被女神團的玩家發現。

現在整個地獄遊戲，半數被女神團玩家所掌握，他們不只獵殺八大怪物、不只攻擊政府機關，他們更做出天理不容的壞事，那就是他們開始……「獵殺玩家」！

刺蝟女，這個等級高達五十以上，卻又重傷到戰鬥力驟降的玩家，更是他們眼中的「極品」。

於是，刺蝟女被其他玩家圍攻，眼看就要成為一堆道具，退回現實世界之時……一個笑容出現。

一個貫穿了整個地獄遊戲、一個多次死裡逃生的笑容，在刺蝟女的面前，綻放。

「放心，」那笑容的主人溫和的說，「接下來，交給我就好。」

交給我，就好。

然後笑容的主人慢慢的轉身，十秒，就只有十秒而已。

眼前這群等級四十以上、在街頭令一般玩家們聞風喪膽的女神團玩家，頓時化成了一堆道具。

也在這一秒，刺蝟女忽然懂了，也笑了。

「我知道你是誰了，我正在找你。」刺蝟女眼眶含淚。

「妳在找我？」

「是，」刺蝟女伸出了手，語氣哀傷，「我想求你去救人，救救狼人T與眼鏡猴……因為，你是少年H。」

他微微皺眉，旋即露出了微笑，少年H，這個又強、又令人信任的高手，終於現身。

當少年H隨著刺蝟女走入了眼鏡猴所在的房子，那一瞬間，少年H嘴角揚起，笑了。

「看樣子，你們等我很久啦。」

說完，少年H整個人往後騰飛。一隻粗壯的機械手臂，正朝著少年H狂轟。這人，正是眼鏡猴。

「我絕對，不會把靈力心臟讓給你們的！」眼鏡猴嘶吼，「讓你看看我用盡畢生心血打造的機械手臂，有多麼可怕吧。」

這拳雖猛、雖快，但少年H的手掌畫的圓更快更美，竟然全數擋住。

另一頭，娜娜五指張開，各色靈絲在她手心盤繞揮舞，「少年H，我來幫你。」

只是娜娜還沒出手，眼前兩座宛如鐵塔般兇惡的人物，立刻擋住了她。

那是，熊貓，與鬣狗。

「我們也被眼鏡猴改造成人間兇器囉。」鬣狗發出宛如啼哭的笑聲。「妳以為妳過得了我們這一關嗎？」

「是啊，」熊貓的聲音相對低沉，「妳這麼細皮嫩肉的美人，如果我壓成肉醬，一定很可口吧。」

「細皮嫩肉？」娜娜露出充滿殺氣的笑容。「那我就讓你們知道，在蜘蛛眼中，到底誰才是細皮嫩肉吧！」

「吼！」熊貓的狂吼聲中，娜娜的身軀，被那巨大熊貓猛然撞上，遭到撞飛的身軀，在空中就被躍起的鬣狗咬住，一陣吼嗚聲中，硬是將娜娜在空中撕裂成數塊。

只是，當兩隻猛獸以為自己已經獲勝之時，卻發現有些不對勁。

因為他們發現自己咬住的東西不是娜娜，而是一團紅色絲線，紅色絲線更隨之打開，纏住了熊貓的雙爪，更捆了鬣狗的嘴，讓牠變成了有口難叫的「閉嘴狗」。

「這是什麼？」兩隻兇獸同時發怒。

「紅絲捆綁，白絲追蹤，綠絲張網，黑絲攻擊，還有神秘紫絲。」娜娜慵懶的出現，顯然剛剛的攻擊並未對她造成任何傷害。「你們掙脫不開的，我的紅絲。」

「吼！真的嗎？我們可是連靈魂都不要的人類！」眼前，熊貓突然狂吼，全身脹大，不斷脹大，直接衝撞娜娜的紅絲，只見紅絲越繃越細，終於……啪的一聲，斷裂！

「喔？」娜娜眼睛大睜。

而另一頭的鬣狗則開始分裂，從原本的鬣狗的身體上，快速分裂出了十餘隻全新的鬣狗，這些鬣狗再次露出猙獰的獠牙，也破解了娜娜的紅絲。

「喔？」娜娜再次訝異了。

「妳說，妳是五百年的大妖？」兩隻野獸再次逼近，「我們可是把靈魂賣掉的人類，妳覺得誰比較可怕？」

「嘿，把靈魂賣掉的人類？你以為你們是電視名嘴啊？」娜娜淺淺一笑，雙手一翻，手上的絲線來回纏繞，如同花繩，一會出現星星，一會出現花朵，配上紅、綠、黑、白四色，實在美不勝收，「不過，為了對你們解開紅線致敬，我決定『認真』的殺死你們。」

「放屁！」兩隻野獸嘶吼，同時躍起，巨大的熊影，與獠牙遍佈的狗影，一左一右攻向了娜娜。

娜娜與兩隻入魔野獸的戰鬥，正式展開！

當娜娜扛住了熊貓與鬣狗的攻擊，另一頭，那隻裝設在眼鏡猴身上的巨大的鐵臂，已經再度朝著少年H轟來。

當然，這隻鐵臂破壞力雖強，卻也傷不了少年H。

只見少年H伸出左手，五指與手腕轉了一圈，數條太極氣流左迴右旋，包圍了鐵臂，鐵臂的力量被這些氣流完全抵消，就這樣動彈不得。

當少年H以極簡單的一招困住了眼鏡猴的機械鐵臂後，他隨即開口，「唉！眼鏡猴，你怎麼把自己搞成這樣？」

眼鏡猴見到自己的招數竟被少年H如此輕易的牽制，他尖吼，「我變成什麼樣子，要你管！」

「這樣說，就見怪了啊。」少年H聳肩，「好歹我們……」

「我和你，沒什麼好說的！」說完，眼鏡猴手上的機械手臂突然開始變化，原本光滑的金屬表面，竟然冒出一根又一根的利刺。

只是，這些利刺似乎又有點不同，因為利刺的尖端，竟有著一顆顆細小的圓球。

「這是？」少年H眼睛瞇起，他感受到那機械手臂的氣息改變了。

這隻用靈魂換來的手臂，果然不是單純的破壞工具而已嗎？

「這是讓你知道好歹的東西！電能！來！」眼鏡猴獰笑。

電能？這些密佈的利刺頂端開始放出白色電光，每根利刺的電光彼此連結，越連越亮、越連越密，最後，整隻機械手臂都佈滿了駭人電氣，變成恐怖的超級大電斧！

「厲害。」少年H感到左手微微震動，因為他用來箝制機械手臂的氣流，已經快要被破壞了！

「讓你看看我真正的力量！靈電學之……高壓電兩百伏特！」

同時間，電能暴漲，機械手臂直接衝破少年H的左手氣旋，宛如一條飢餓的白電之蛇，再度朝少年H的腦門轟來。

「靈電學？那不是愛因斯坦的發明？」少年H歪著頭，表情依然保持輕鬆，左手再次轉動。

這次，手腕轉動得更快，五指變化得更細膩，像極了正在彈奏一首美妙的歌曲，少年H的掌心再次凝聚出新的風，新的風構成更強韌的氣旋，迎向了佈滿電能的機械手臂！

轟然一聲，機械手臂雖強，還是逃不出少年H手心那似弱實強的旋勁，再度被少年困在掌心，無法寸進。

不只是機械手臂，連電能都衝不破少年H的旋勁，左衝右突之後，最後歪斜的朝向旁邊的牆壁，眼鏡猴的基地竟應聲倒塌，幸好這裡是地獄遊戲，就算倒掉的房子裡面有住人，也只是遊戲設定的怪物。

「少年H啊，你果然厲害，但你以為愛因斯坦死後創造出來的『靈電學』，只有這樣嗎？」眼鏡猴怒笑，「十倍加碼！」

眼鏡猴一喊，只見他機械手臂上的觸角電光變得更刺眼、更猛烈，暴衝的電能發出尖銳刺耳的嘎嘎聲，再次衝撞少年H掌心的氣旋。

「圓，永遠是最完美的防禦。」少年H淡然一笑，依然是一隻左手，以手腕為軸心，又是一個優雅的圓。

只是這圓之中，夾著五根指頭細膩的變化，讓圓中有圓，圓外有圓，構成一道複雜而綿密的旋氣流。

瘋狂爆衝而來的電斧，一碰到少年H的圓，再次無法控制的隨圓轉動，轉了一圈之後已經失去了斧頭的形態，再下一圈，少年H低喝，「回去！」

只見少年H的手腕，由轉化推。

這一推，暴力的電能竟順著少年H的掌心，朝著眼睛猴推了回去。

「吼！」眼鏡猴尖叫之間，電能已經轟然擊中了他，在四散的電光之中，眼鏡猴一口氣撞上了背後的民宅，造成一大排的民宅倒塌。

倒塌之時，因為壓死了不少屋內的怪物，所以還不斷噴出道具，更讓眼鏡猴得到了不少分數。

當眼鏡猴撞倒第十二棟老宅時，他終於停下了，被埋入了一大片倒塌的廢墟中。

而少年H也不追擊，只是依然保持微笑。

「眼鏡猴，」少年H左手握拳，露出微笑，「我知道你的實力不止於此，拿出真正的力量吧，別浪費時間了。」

「吼！」只是，當少年H話才說完，那坍塌的磚瓦突然猛然一震，石塊紛紛往外飛彈。

然後，少年H臉上的笑突然變大了。「好樣的，這機械手臂，還可以這樣玩啊？」

因為，在少年H眼前的，哪裡是一個人？而是一台車，一台由機械手臂變化而成的銀色跑車，跑車四個大輪子猛轉，在地上刨出四道痕跡後，撞開層層土石，朝著少年H急撞而來！

跑車速度不只快，更挾著來自眼鏡猴與機械手臂的強大靈力，不斷撞飛土塊，撞向少年H。

少年H同樣是左手朝前，同樣是優雅的笑。

「來。」

這聲「來」剛落，少年H身軀立刻一震，因為，車子已經撞來。

但這個時速高達兩百，擁有三噸重量的車頭，竟然在少年H左手手掌十公分處，硬生生停了下來，再也無法繼續往前推進。

左掌，又是以手腕為軸心，畫了一個又一個圓，每個圓的大小與其速度雖有不同，卻在少年H的左掌間，組合出一首美妙的圓形奏鳴曲。

而這首奏鳴曲前，任何暴力，都無法寸進。

「給我衝啊！」坐在駕駛座的眼鏡猴怒吼，右腳猛力踩著油門。

同時間，車身的引擎咆哮，車輪在地上刨飛陣陣塵土，地面兩道凹槽清晰可見，但，就是無法前進分毫。

「嗯，還不錯，但還不夠哩。」少年H左手突然停止畫圓，接著，又是一推。

看似慢，實則快。

一瞬間，整個車頭凹落，再被少年H的左手往後一推，車身登時騰空而起，在空中滾了兩圈，砰然落地。

「呼。」少年H的左手依然伸著，口中長長吐出了一口氣。「不錯啊，眼鏡猴。」

而同一時間，一個女子的低吼，吸引了少年H的目光。

那女子的低吼聲，不用猜，也知道是娜娜。

因為眼前兩個把靈魂賣掉的野獸，已經一左一右，衝向了娜娜。

「我認真了喔。」娜娜雙臂打開，滿手的蜘蛛絲花繩更隨之舒展開來。

綠色的、黑色的、紅色的，還有白色的，四種顏色在月光下閃爍著美麗的光芒，然後所有的光芒陡然改變方向。

進入了驚人的攻擊模式。

「第一個，是你這隻狗！」娜娜一笑，她面對的，是不斷高速分裂的鬣狗，一化二，二化四，四化八……「綠絲，張網！」

「咦？」這一刻，所有的鬣狗同時「咦」了一聲，因為他們發現，地板黏黏的，黏到他們的腳只能跑一步，下一步腳就拔不起來了。

「這有什麼好怕？」鬣狗們發出咆哮，「我只要繼續分裂……」

「這可不是捆綁而已，這是網子。」娜娜冷笑，說完，她手一揮，月光下，綠網呈現了它真正的全貌。

巨大的網子，從鬣狗的腳底不斷往外延伸，這是面積至少有百公尺的大規模蜘蛛網；蜘蛛網的各個角落，有的黏在地板上，有的黏在老宅的屋簷上，有的則黏在附近的大樹上。

「這……」鬣狗感到恐懼，因為網子範圍這麼大，他無論化成幾隻，都不可能逃出網子的範圍啊！

「你的命——」娜娜跳上了蜘蛛網，雙手雙腳伏地，如同一隻蜘蛛般，以驚人的高速在網子上移動，一瞬間就來到鬣狗的面前。「我收了。」

說完，娜娜的手一張，一條黑色絲線噗嗤一聲，貫穿了鬣狗的腦袋。

然後，鬣狗消失，道具飛散。

「鬣狗兄弟！」熊貓嘶吼，身體跳起，在空中滾成一團無堅不摧的圓球。「我來替你報仇啊！」

「喔？」娜娜坐在蜘蛛網上，眼睛瞇起。

「看妳的蜘蛛網，能不能擋住我的黑白球攻擊！」只見熊貓狂吼之間，滾動的球體，已經撞破了綠色絲網，朝著娜娜而來。

「我早就知道綠網不是你的對手，所以我特別替你準備了另一頓大餐！」娜娜一笑，果然有蜘蛛精的美豔與邪惡。「黑絲！」

專司攻擊的黑絲，從娜娜的脊椎尾端，陡然射出。

這黑絲好粗，將近一根手臂粗細，但絲線的頂端如同長槍銳利，朝著黑白球射了過去。

勝負，在一瞬間就決定了。

黑絲貫穿了黑白球，直直插入地面。
然後，娜娜輕盈落下，她的身後，是鬣狗與熊貓死後，如雨般落下的各式道具。
「這兩隻，我搞定了。」娜娜的眼神，移向了少年H。「天師，接下來看你囉！」

「嗯，接下來看我了。」少年H與娜娜的眼神相對，眼中露出微笑。
同一時間，那被少年H一掌擊潰的金剛跑車，已經開始重新組合了。
一塊一塊宛如樂高積木互相堆疊的金屬，當它完成，少年H和娜娜同時驚嘆。
因為，它飛起來了。
上方有著高速旋轉的鐵片，下方配置著毀滅性飛彈，挾著強勁的風，從水平面升了起來。
它是直升機，沙漠夜空的鬼魂，眼鏡蛇直升機。
「我說，」少年H再度笑了，「這隻機械手臂如果可以在遊戲裡面的商店買得到，我一定要買一隻。」
「是啊，一次買兩隻不知道可不可以打折？」娜娜彷彿被少年H的輕鬆感染，也笑了。
「或許喔。」
少年H和娜娜的閒聊尚未結束，這台兇狠的直升機，已經宛如一大片烏雲，罩住了他們兩人的頭頂。

隨即，兩枚飛彈，尾端噴出了熊熊火焰，脫離了彈架，激射而來。

「飛彈嗎?我接過各種攻擊方式，飛彈倒算是一種新體驗。」少年H微笑，左手舉起，依然是左手的圓。

一圈又一圈的圓，是溫柔而強大的氣流，快速包裹住飛彈，然後不帶任何殺氣的，將飛彈調了頭。

在少年H的左手掌心之中，飛彈回頭了。

它的目標變成了發射它的主人，機械直升機。

這一秒鐘，像極了新年時，人們爭相觀賞的跨年煙火。

將機械手臂化成了直升機，並夾帶重型武器，眼鏡猴原本打算用人類科技中最強大的部分，來殲滅眼前的兩個敵人。

但沒想到，敵人的強度，卻早已凌駕這強大的科技。

兩枚能瞬間燒盡一整個營區、將數千條人命化為灰燼的致命飛彈，不但完全沒有爆炸，還被原封不動的送了回來。

而且，該死的是，就在眼鏡猴的面前，爆炸了。

此刻，眼鏡猴的眼中，是滿滿的火焰、滿滿的機械碎片騰飛，還有滿滿的怒意。飛彈火藥的重轟中，這一次，眼鏡猴怒了。

這一次，憤怒讓他完全失去了理智，再次，賭上人生中最不該賭的東西。靈魂。

「決定好了嗎？」機械手臂的話語，透過眼鏡猴的神經，傳達到他的大腦，無須發出聲音。「咯咯，你要啟動機械手臂的最終形態了嗎？」

「決定……好了！」眼鏡猴深吸了一口氣。

「那可是無法回復的一種狀態喔？確定？」

「確，定！」

「沒問題，那我們看看靈電學的極致惡意，會創造出什麼樣的怪物吧！」機械手臂的語調是機器合成音，不帶任何感情，卻透露著一股古怪的陰森。

靈電學的極致惡意。

這一次，少年H與娜娜不再談笑，不再笑著說要買機械手臂了。

取而代之的，他們皺起了眉頭。

「這，真的是你希望的嗎？」少年H輕輕的喃喃自語。「變成這樣，真的是你要的嗎？眼鏡猴？」

此刻，在眾人面前的，不是鋼甲跑車，不是戰鬥型直升機，而是一個巨大的機器人。

全身佈滿了金屬，金屬之下是精密的齒輪與線路，而眼鏡猴呢？

這次他沒有坐在駕駛座，他的臉，竟然直接嵌在這機械人胸口上。

因為他的身體，已經不再是血肉之軀，而是和機械手臂融合為一體，變成電能驅動的悲哀怪物了。

「變成這模樣，真的是你想要的嗎？」少年H語氣擔憂，「真的是嗎？」

再這樣打下去，就算擊敗了眼鏡猴，真的能把他從入魔的世界帶回來嗎？

真的能嗎？

就在眼鏡猴發狂，將自己徹底賣給惡魔之時，娜娜的腦海中，回想起了當年……他們還一起在獵鬼小組的時候。

時間，回溯到數年前，那時台灣獵鬼小組仍有五人，以阿魯為首，他們專司獵捕台灣作亂的鬼怪，像是古厝內上吊不肯離開的「好恨好恨鬼」，在深山迷惑旅人的「魔神仔」，或是誘惑人們狂買東西的「敗金鬼」……獵鬼小組五個人分別來自不同的環境，擁有截然不同的技藝，卻在因緣際會下湊成了一團，只為了一個目的。

就是——「阻止所有會傷害人類的鬼魂，還給人間與陰界一份寧靜。」

阿魯，樹靈，是來自原住民山上的鬼，他還活著時，曾經參與重要的抗日戰爭，他的赤足可以在山間奔跑，手上的刀專砍日軍頭顱，人們更稱他一聲「賽德克」，只是變為鬼魂後，他殺氣減了、個性穩了，成了獵鬼小組的領袖。

阿胖，實戰最強者，是唐朝武將「尉遲恭」轉世，也就是民間信仰的門神，他手握大鎚，個性憨厚沉穩，總是傻笑著，卻是戰鬥時最可靠的夥伴。

娜娜，五百年道行的蜘蛛精，她的名氣其實是最響亮的，因為她的事蹟透過一個叫做「吳承恩」的人寫到了書裡面，書中她面對西天取經的孫悟空，設下重重陷阱，鬥智鬥力，堪稱西方取經的經典橋段；但她有一個鮮少對人說起的秘密，那就是她修煉的起點，其實是一滴水，而這一滴水，則是由一個赤足走過沙漠的僧人贈予她的。

小三，生前是一個孤兒，四處飄零，直到在台灣獵鬼小組中才找到歸屬感，他的絕招是請哪吒上身，爆發驚人怪力，可惜後來在地獄遊戲的戰役中，為了替夥伴擋住血腥瑪麗的追殺，犧牲了自己的性命。

最後是眼鏡猴，生前是宅男工程師，死因不明，夙願也不明，但進入地獄之後，充分展現了他的電學長才，他拚命研習靈電學，並創造了不少令人讚嘆的靈機器。

所謂的靈電學，事實上是愛因斯坦死後到地獄所創造，愛因斯坦生前創造了相對論，大大改變了人類世界，死後他的研究仍不間斷，又創造了「靈電學」；而靈電學與相對論實有異曲同工之妙，就是將「靈魂」假設成一個又一個細微肉眼不可見的靈子，只要是靈子，就會有粒子的特性……

愛因斯坦生前創造的相對論，逼得不少物理系同學的腦袋爆漿，死後創造靈電學，更讓很多地獄物理學生，感到生不如死……不，應該是「死」不如生，畢竟，這裡的人早就死了。

但眼鏡猴不知道是天賦異稟還是瘋狂過人，他迷上了靈電學，更將靈電學發揚光大，製造了不少小機器，包含量測地獄人物強弱的「靈力偵測儀」、用照相方式破解妖怪化妝術的「靈體真實照相機」，還有最近當紅的「靈力 APP」，可以透過靈力照相的方式，將自己的生活體驗，在地獄網路上分享給大家。

那時的台灣獵鬼小組，就是由這五個來歷與背景完全不同的人所組成，他們一貫的作戰方式，就是戰鬥力較低的隊長阿魯待在總部，負責聯繫和下令。

而其他四人，則直接出勤面對各種妖怪。

其中，讓娜娜印象最深刻的，就是那一樁案子，那樁讓她看見「另一個眼鏡猴」的案子。

這案子的妖怪，並不有名，不像台灣獵鬼小組們經常要面對的魔神仔，或是枉死冤魂，而是一隻他們從來沒有聽過的妖怪。不過那時，阿胖與娜娜去了中部某個小鎮，那小鎮正舉行一個「送孤魂」的浩大儀式，這樣的儀式需要獵鬼小組進行護航，因為陰氣太重，陰陽兩界的界限已經不明，鬼怪特別容易傷人。

少了娜娜和阿胖，剩餘的兩個外勤隊員就是眼鏡猴和小三，但當時眼鏡猴卻做了一件很過分的事，因為他正在排隊搶購一款「地獄魔獸」的遊戲，所以眼鏡猴便叫小三自己先去，他隨後就到。

「好啦。」小三個性溫順，只是搔了搔頭，就自己坐上公車，下車後步行到那妖怪的棲息地。

只是，小三才剛走到妖怪的棲息地，立刻就察覺情況不對，急忙拿出手機想求救，但手機才剛撥通，眼前一大片黑影，已經罩住了他。

小三發抖抬頭，看見那黑影正在笑。

「你的靈力不太一樣喔，你不是剛好來獵殺我的吧？」黑影陰森的笑著，「你是台灣獵鬼小組嗎？」

「我……」小三突然提氣大吼，同時右腳猛力往地上一踩，「拜請！三太子！」

但三太子的英靈還沒到位，小三的頭顱就被抓住，接著一股寒氣就這樣順著他的頭顱往下竄，瞬間奪去了他的意識。

而當小三意識消失的同時，他剛剛撥通的手機落在地上，上面的快門鍵剛好敲到地板，也照下了這個奇異的妖怪棲息地。

古色古香的建築，柱子上盤著石龍與石虎，處處都是拈香燻黑的痕跡，怎麼會是這裡？這裡怎麼會是妖怪的棲息地？這裡應該是妖怪最畏懼的聖地才對……

這裡，是廟啊！

是千萬信徒懷著虔誠信念，祈福許願的……廟啊！

最先發現小三情況有異的，是剛從中部上來的阿胖，他拿著手機，一見到眼鏡猴，阿胖馬上痛罵了他一頓。

「你，你這混蛋，竟然讓小三一個人出任務？」

「那個妖怪真的沒聽過啊，而且那地方我也用地獄 google 查過，沒有鬧鬼的紀錄，不是陰氣很重的地方……」眼鏡猴嘴裡碎唸著，「我以為又是一個錯誤的情報，或是一隻小搗蛋鬼而已……」

「笨蛋！你以為？你以為？這世界都是你以為嗎？」阿胖怒吼著，他緊急停車，然後快步衝向這座莊嚴凜然的廟宇。

阿胖感到不安，強烈的不安，因為他發現，自己竟和眼鏡猴有了相同的感覺……「這裡沒有陰氣」。

一絲陰氣都沒有的地方，肩負著人類祈願的廟堂，為什麼……會有妖怪？

「廟？」娜娜停下腳步，皺眉。「我記得這廟，這廟在當地還算有名，香火更是鼎盛，這裡怎麼會出妖怪？」

「香火鼎盛的廟，所以不是孤廟？這樣的地方，怎麼會有妖怪？」阿胖也有著同樣的疑問。

「我不知道，但我記得，這廟之所以香火鼎盛，是因為許多學子都來祈求考試順利，考上第一志願，考上理想的高中，考上最好的大學，連公務員考試都有。」娜娜仰著頭，「這樣的廟，最近在台灣這土地，越來越多了。」

「因為，考試變得越來越重要了？」阿胖問。

「這……」娜娜才要回答，旁邊的眼鏡猴突然大聲起來。

「考試！重要個屁！」眼鏡猴說得咬牙切齒。「那是因為台灣的小孩越來越可憐了，以前只要考一次就可以定生死，現在要考三次、四次，每次考試都是一次折騰，沒考上就是一次打擊；好不容易考上了高中，後面還有大學，好不容易考上了大學，後面還有研究所，研究所畢業很厲害嗎？不，出了社會還是找不到工作，找到工作很了不起嗎？很快就沒有勞工保險了，最後還是要從頭開始，再花個三五年考公務員！」

只見眼鏡猴越說越大聲，越說越急，更是越說越怒。

「眼鏡猴，你幹嘛那麼生氣？」阿胖看著眼鏡猴。「你也是身受其害？」

「廢話，這裡只有我經歷過台灣的考試制度！」眼鏡猴冷冷的咬牙。「只有我知道這個國家正在摧殘民族幼苗！」

「好，既然你最懂，那你覺得為什麼這廟會出妖怪？」

「我不確定。」眼鏡猴嘆氣。「但我可以確定的是，這廟的妖怪，一定和考試有關係！」

「嗯！其實，和考試有沒有關係，基本上都沒有差……」娜娜嬌媚一笑，雙手張開，手心的黑線，閃爍著晶亮的騰騰殺氣。「因為我們的工作向來只有一個……」

「沒錯，我們的工作，向來只有一個！」阿胖伸手到背後，一根巨大的鎚柄，被他慢慢拉了出來。「那就是……」

「那就是……」眼鏡猴雙手拿出兩台手機，左方的手機放著冷冽的電，右方的手機則閃爍著各種數字資料。「斬妖除魔！」

斬妖除魔！

說完，三人同時邁開了步伐，朝著廟堂狂奔而去。

此刻的他們，沒有時間討論什麼戰術，因為他們最重要的夥伴，小三，已經被對方捕獲，他們必須硬衝，他們必須爭取……任何一點可能救活小三的時間！

就算只有一點點也好！因為他們是台灣獵鬼小組！

因為他們是，夥伴。

娜娜一直是這樣認為的，就算是過了好多年的現在，娜娜仍忘不掉，台灣獵鬼小組那段肝膽相照的夥伴歲月。

後來，他們才知道這隻妖怪的來歷，他原本是神，原本是專門幫助人們文采縱橫、頭腦清晰的正神，但最近數年來，突然湧入大量的考試祈願，學生們習慣將自己的准考證壓在神明桌上，然後用力的合掌祝禱……

「我要考上！」

「讓我考上！」

「給我考上！知道嗎？」

「不管怎麼樣，我都要考上！」

「不管用什麼方法，不管付出什麼代價，我都要考上！」

「我爸媽說，只有考上，我才是他們的小孩，所以讓，我，考，上！」

「我的同學都已經推上第一志願，我也要，不然我就不配當他們的朋友，我要考上！」

「不管付出什麼代價，不管用什麼辦法，甚至……用生命來換，我都要考上！」

「用誰的命？用我最好同學的命，用我親人的命，甚至用我自己的命，我都要考上！」

「給我考上！」「給我考上！」「讓我考上！」「考，上！」「給我考上！」「給我考上！」「給我考上！」「靠！我要考上！」「給我……考上！」「給我考上！」「給我考上！」「給我考上！」「讓我考上！」「給！我！考！上！」「考上！考上！」「給我考上！」「考！我想考上！」「給我考上！」「考考考考考考上！」「讓我考上！」

數千萬人想要考上的巨大願望，其中摻雜很多扭曲、怨恨，許多尚未成形的想法，透過一張又一張的准考證，傳達到這個小神的耳中。

神，原本就是累積了人類正氣所形成的靈體，只是這個神本來是一個熱心的小神，但神格並不算高，時間一久，竟承受不住這樣大的力量灌注，以及這些力量中摻雜的巨大惡意，神格居然開始扭曲。

神格一旦扭曲，演化出來的，就不只是妖怪，而是比妖怪更恐怖的，妖神。

這隻妖神才剛成形，道行實際上略淺，雖然快速擊敗了小三，但在阿胖、娜娜與眼鏡猴三方的夾攻下，妖神負傷敗退，逃回了廟堂之中。

「這廟堂有很多個房間，我們兵分三路。」阿胖命令下得明快，「中間給我，左方給娜娜，右方給眼鏡猴。」

「是。」眼鏡猴和娜娜同時回答。

「重點是，快速擊敗他，然後拯救我們的夥伴小三。」

「是。」

「走！」三人同時行動，只是在衝入廟堂之前，娜娜突然微微一頓，轉頭看了眼鏡猴一眼。

「你還好吧？眼鏡猴。」

「還好，幹嘛這樣問？」眼鏡猴皺了皺眉，完全沒注意到，自己的眉目間出現了一絲戾氣。

「沒事，這小神之所以妖化，完全是因為台灣該死的考試制度造成，而你又曾經是受害者……」娜娜有著女性的細心，低聲說，「要小心。」

「放心啦，我沒事的，是我害小三被抓的，我一定會親自逮住他。」眼鏡猴露出充滿信心的笑容。「我正想試試最近發明的靈電網，這靈電網很厲害，因為它的能量就來自被抓住的人，所以對手越強，反而越容易被電網抓住，這次是妖神，能量肯定很足，就讓他自作自受吧！」

「我不是說你不是他的對手……」娜娜欲言又止，「而是，我想到，你的夙願究竟是……」

「不過很可惜的是，我最近研究愛因斯坦的靈電學，他提到了如果讓靈子和原子一樣，發生融合，就會製造出如同核彈般的『靈核彈』，我還沒研究出來……」眼鏡猴完全答非所問。「告訴妳，靈核彈才是愛因斯坦靈電學的最後境界，他一定是窺視到了靈核彈的秘密，才毅然停止了研究！好可惜！」

「眼鏡猴，我的意思不是……」

不過這時，阿胖已經發出怒吼。

「別說了，我們走！」同時間，阿胖率先破了進入中堂的大門，「走！」

「有什麼事，等我們把這隻妖神煮來吃以後，再說吧！」眼鏡猴大笑間，手上的靈棒能量激發，猛力一揮，右方那道門也應聲破碎。

「嗯。」娜娜收起了內心的不安，手上的黑絲縱橫交錯，化成數十枚的鋒利十字，將左方的木門，割成了數十個大小不一的木塊。

接下來，阿胖發現自己的眼前，是空的。

娜娜也發現，自己的前方，空無一物。

所以妖神不在中間，也不在左側，那表示，他只在一個地方。

右側，剛好就是眼鏡猴攻入的位置。

「危險指數六十一？還不滿一百？真是剛成妖不久的小妖神啊。」眼鏡猴搖頭，「靈電網！上！」

此刻，電網果然像是眼鏡猴所說，發揮了驚人的威力，當躲在桌腳的受傷妖神發出咆哮，朝著眼鏡猴撲來時，眼鏡猴冷靜的把手上的小球往前一丟，小球滾落在地，瞬間膨脹成一大片金黃的電網。

妖神猝不及防，就被電網整個黏上，然後電網滋的一聲，竟然透過肌膚快速吸取妖神的靈力，透過這些靈力再將妖神緊緊捆綁，這果然是一種妖怪力量越強，威力就越強的兵器。

電網捆綁中，妖神滾落在地，剛剛激戰後便負傷的他，已經完全沒有力量再掙扎了。

「嘿嘿，按照慣例，拍張照留念，然後地獄政府會估算你的價錢。要微笑喔，表現越好，價錢越高喔。」眼鏡猴笑著，拿起了手機，準備對著眼前這隻妖神拍照。

忽然，眼鏡猴看到了自己的手機鏡頭中，那隻妖神嘴巴在動。

「你在說什麼？求情沒有用啦，你在這裡傷害了不少人類，又攻擊了獵鬼小組的成員，」眼鏡猴搖頭，「求情也沒用的。」

「……」那妖神的嘴巴仍在動，但聲音卻細微到眼鏡猴聽不清楚。

「你在說什麼，就和你說，求情沒用了。」眼鏡猴雖然如此說，身體仍往前靠近了幾步。

「……准考證……」

「准考證？什麼准考證？」眼鏡猴皺眉。

「我認得……你的……准考證……」

「我的准考證？開玩笑，我是誰你知道嗎？我當年以高分考上大學，我才不需要亂拜什麼神！」眼鏡猴感到背脊隱隱發涼，「我沒拜過你！我確定！」

「不是你，不是你的准考證，是你……」妖神的眼睛，在這瞬間陡然睜大，閃爍著詭異的亮光，「弟弟的准考證！」

我弟弟？這一剎那，眼鏡猴感到一股極度冰冷的寒意，從脊椎的最末端，整個竄了上來，然後，他放聲嘶吼！

「住口！」

忽然，眼鏡猴一股衝動，舉起了手上的灌滿電能的靈棒。

「咯咯，你弟弟的准考證……他有提起你喔，他說他想和哥哥一樣……」

「住口啊啊啊！」眼鏡猴的聲音宛如尖叫，手上的靈棒一握，用盡全力，朝著妖神的頭，狠狠擊了下去！

「咯咯咯咯……你弟弟的准考證……」妖神的頭顱被眼鏡猴敲爛，但他的喉中卻仍不斷發出詭異的笑聲。

「住口！住口！快住口！快住口！快住口啊啊啊啊！」眼鏡猴雙眼佈滿了血絲。「給我住口！」

等到眼鏡猴被一雙大手緊抓住，這隻妖神的頭顱已經完全被打爛，化成了一團血肉模糊的爛泥。

而抓住眼鏡猴的大手，不是別人，正是獵鬼小組的阿胖。

「眼鏡猴，你怎麼了？不是要盡量抓活的嗎？你剛怎麼了？」阿胖粗壯的手緊緊攫著眼鏡猴，聲音低沉。

「沒事，沒事。」眼鏡猴搖了搖頭，那一剎那，他為什麼發怒，他沒有說，只是抬起頭，卻剛好對上了娜娜娜那雙明亮、但滿是擔憂的眼睛。

這樁案子，後來無風無雨的落幕了，一個承受不住人類的期望與扭曲怨念的小神，變成了妖神。

台灣獵鬼小組中的小三雖然曾經陷入險境，但被緊急救出，激戰中，妖神頭顱被擊碎，無法留下活口，可畢竟沒有任何人員傷亡，過程中也沒有無辜人類捲入其中，所以，這案子被蓋上「完成」戳章之後，完美的落幕了。

但，只有兩個人知道，這件事肯定沒有結束。

抑或說，這也許只是未來某個更大事件的伏筆。

第一個人，是娜娜，她調閱了眼鏡猴拍攝妖神的最後片段，從妖神的口型中，找到了「弟弟的准考證」六個字。

她有預感，這六個字，就是眼鏡猴的夙願，眼鏡猴始終不肯說的「夙願」。

每個人死亡進入地獄之後，之所以會擁有力量，都和他生前的夙願有關，越是扭曲可怕的夙願，往往帶來越強大的力量，這些力量若被用在善途，就能成為正神或獵鬼小組，但……如果被用在惡途呢？

那……就是獵鬼小組存在的意義了。

而眼鏡猴始終不肯說的「夙願」，肯定和「弟弟」有關。

而另一個了解真相的，當然就是眼鏡猴自己了，但經過那次事件之後，他又一如往常的繼續排隊買地獄電動，繼續瘋狂追星，買貓女和吸血鬼女的海報收藏，彷彿一切事情都沒有發生。

直到，地獄遊戲選中了台灣，成千上萬的滿天神魔來到了台灣，少年H也來到了台灣，一起參與這場地獄遊戲的巨大戰鬥。

然後，眼鏡猴入了魔。

一直到此刻……娜娜突然懂了，當年的妖神事件的確只是一個伏筆，真正的終曲，就是現在了。

就是眼鏡猴入魔的現在！

時間，回到此刻。

被少年H以兩枚送回的直升機飛彈反擊，機體在層層火光中炸裂成碎片的眼鏡猴，如今從爆炸中走了出來。

而且，化成了一具巨大的機器人，全身都是金屬的機械，由齒輪、金屬皮帶、重型鋼筋，甚至附加一枚巨大引擎所組成的機械怪物。

眼鏡猴的臉，就這樣被嵌在機器人的胸口，宛如怪物，一隻可悲的怪物。

「眼鏡猴，」少年H注視著眼鏡猴的眼睛，深深嘆氣，「這真的是你希望的樣子嗎？」

「那不重要！打敗你，才是最重要的！」眼鏡猴尖銳的咆哮著，身上的機械齒輪開始快速轉動，然後右拳陡然揮出，朝著少年H身體直接揍了下來。

「圓。」少年H還是那一招，左手畫圈。

擅長太極卸勁的少年H，再度打出他的左手，一個又一個的圓，糾纏住眼鏡猴化成的巨大機器人。

只是這一次，情況卻不同了。

機器人的手臂竟然也開始跟著旋轉，轉速與少年H左手的圈完全相同，這一轉，登時讓少年H原本以圓卸勁的策略失了效。

「喔？」少年H微微詫異，將左手畫圓的速度微微調整，但這機器人似乎擁有非常敏銳的感應器，也隨之調整。

圓對上了圓，竟然，就這樣破了少年H最引以為傲的太極防禦。

於是，這拳頭，這懷著巨大能量的金屬拳頭，就這樣不斷配合著少年H左手的轉速，穿過了少年H的左手防禦，直接轟向少年H的臉。

「這機器人所創造出來的怪物，一定能讓我證明，科技是無敵的，能殺死所有的武術，擊敗所有的靈術！」眼鏡猴的臉，在這隻機械怪物的胸口，嘶吼著。

「沒有東西是無敵的，」少年H搖了搖頭，「無論是科技、武術和靈術都一樣。」

但少年H才說完這句話，拳頭就已經到了。

炸起了漫天煙塵，大地瘋狂震動，機器怪物的拳頭，落下了。

「天師！」娜娜尖叫，突然轉身，剛剛一次擊殺熊貓的黑絲，就這樣從她脊椎末節處，再次射了出來。

同樣是手臂粗細的黑絲，但，這次挾著娜娜的憤怒，所以出現了……整整三條。

三條粗大且鋒利的黑絲，宛如三柄利矛，射向了這隻眼鏡猴化成的機械怪物。

「黑絲攻擊？」眼鏡猴冷冷說。「妳以為這對我有用？」

「有沒有用，馬上就知道！」娜娜嘶吼！「把它給我串成章魚燒吧！黑絲！」

三條黑絲兵分三路，同時貫入了機器人的身體，但……

竟然，完全沒用。

因為機械怪物的手臂，在高速旋轉下，將空氣震盪出一種特殊的波長。

而這樣的波長，竟然像是鋒利的刀刃，將高速射來的黑絲切成一截又一截。

「教妳一個乖，這叫做高周波。」眼鏡猴獰笑。「專門切東西。」

「又是一個科技產物？」娜娜看著自己的黑絲全面崩潰，咬著牙。

「正是。」說完，這隻機械怪物往前一蹬，來到了娜娜的面前，「哈哈哈哈，懂嗎？科技，是無敵的！」

眼鏡猴狂笑之際，陡然揮拳，直接擊向娜娜。

娜娜見這拳來得又猛又強，急忙大喊，「綠絲！」

綠絲的主要功用在張網，同時也是防禦性最強的一種絲線，只見，綠絲在娜娜的兩手之間不斷連接，以肉眼難辨的高速連結著，眼見一張網就要形成，只是這網才張了一半，機器人的拳頭就已經來了。

拳頭一碰到綠絲，再度開始旋轉，猛烈的旋勁將綠絲絞爛，更進一步來到了娜娜面前。

「妳不是號稱五色靈絲嗎？妳最神秘的紫絲呢？這時候還不拿出來？」機械怪物的拳勁好猛，直接撞入娜娜的肺腑，眼看這驚人的衝擊力，就要把娜娜的身軀整個打爛。

「不拿。」娜娜身軀被拳頭完全擋住，只有她的聲音，從拳頭後方傳了過來

「哼，個性挺硬的嘛？為什麼不拿？」

「因為，」娜娜的聲音突然轉低，變成了低沉而輕鬆的男音，「我還沒死。」

「你！等等……你是？」眼鏡猴猛然一驚，突然，他發現身上的機械手臂，竟然自己開始轉動。

不，不是自己轉動，而是被一股強大的力量扭動著。

這股旋勁實在太熟悉了，熟悉到讓眼鏡猴感到又怒又懼！

「少年H？！」眼鏡猴狂吼，「你轉，我也轉，只要轉的方向一樣，速度也一樣，你的旋勁就會失效！這是物理定義！」

「那就來比誰轉得快吧！」少年H一笑，他的左手開始畫圈，而且轉速開始加快！

「每秒一百轉？」眼鏡猴見狀，手臂上的齒輪加速，手臂轉動速度也跟著加快。

「再來！」

「每秒一千轉？」機械怪物低吼了一聲，將引擎切換到更高速的狀態，齒輪更是瘋狂轉動，速度猛催下，穩穩跟了上去。

「注意！還會更快喔。」少年H微微吸了一口氣，左手一振，此刻的他，左手已經泛起了微微的白光。

這是少年H催升靈力的證明，而靈力的基礎「可視靈波」，正隱隱透出。

「還可以更快？每秒……八千、九千、一萬……一萬轉了？」如此驚人的高速，已經讓機械怪物的引擎發出逼近極限的低鳴了。

以汽車來說，三千轉就能讓引擎瞬間衝上時速百公里，但他們兩人的對決，已經是時速四百公里，F1賽車的極速境界了！

「再來！」少年H再次微笑，「那我要稍微認真囉。」

稍微認真？只是，「稍微」認真？

少年H低喝一聲，左手再次加力，只見左手臂的衣袖，全部因為強大旋勁而破開，然後一股更強、更猛的力量，陡然灌入到了機器人的左臂上。

而那個原本已經快轉到肉眼無法分辨的機械手臂，一承受住少年H的力量，頓時開始歪斜，逼得眼鏡猴急忙發出嘶吼。

「一萬八？兩萬？該死！三萬？五萬？十萬？」機械怪物全身開始震動，它的引擎冒出了火花，全身齒輪都發出噌噌的爆裂聲，這是戰鬥機引擎衝上天際的等級了！

但，機械怪物不愧是機械怪物，靈魂代價不愧是靈魂代價，它，竟然還是跟上了。

勉強而驚險的，在怒吼和咆哮中，眼鏡猴跟上了。

「少年H啊！這就是你的實力嗎？我跟上了啊！」高速中，機械怪物全身顫抖，狂笑著，「怎麼樣？你還能更快嗎？你的身體承受得住嗎？你的靈魂承受得住嗎？」

「這，的確就是我的最高速了。」少年H左手也跟著瘋狂轉圈，每秒十萬轉，就算是少年H這樣等級的高手，也到達極限了。

「那你還不乖乖認輸？」

「是，我是沒辦法更快了，但我還可以做一件事。」高速轉動的狂風中，少年H淡然一笑，慢慢伸出了他的右手，那隻始終不曾使用的，右手。

「啊？右手？」

「那就是請另外一隻手幫忙，讓它，停下來。」少年H笑了，然後，右手沒有半點遲疑的，伸入了這片狂轉的暴風中。

強大的右手，直接衝撞強大的左手，兩手的旋勁相反，力量卻完美的均衡，這才是太極，這才是少年H最強的秘密。

一瞬間，少年H的旋勁停了。

無論是左手或是右手，旋勁從每秒十萬轉，瞬間停住了，完全停住了。

但，機械怪物呢？

它的引擎正處於百分之五百的暴走狀態，怎麼可能說停就停？

那，如果停不下來呢？

「如果你沒辦法馬上停……」少年H雙手穩住，「所有的旋力，那每秒十萬轉的旋勁，會一口氣回到你的身上喔！」

「吼！」機械怪物眼鏡猴怎麼可能不知道，當對抗的力量消失了，自己的力量將會全數回歸到己身；那用盡全力，將戰鬥機送到高空中的驚人力量，將會一點不少的……回到自己身上！

「眼鏡猴，」少年H輕輕的說，「卸下這層怪物的盔甲，回來吧。」

回來吧……

然後，眼前這個具備驚人毀滅力、擁有超高科技結晶的機械怪物，在自己狂暴的旋力下，開始瓦解。

螺絲繃飛，鋼甲碎裂，皮帶甩斷，引擎分解，這台巨大的機械怪物，就這樣在瘋狂的旋勁之中，不斷的瓦解，瓦解……直到旋勁終於停住，露出了裡面那個面容瘦削，眼鏡裂了一條裂紋的男人，眼鏡猴。

眼鏡猴的身體一半已經被機械化，畸形且可悲。

「回來了吧，」少年H伸出了手，溫柔的說，「眼鏡猴。」

「你不怪我……」眼鏡猴跪在地上，呼呼喘氣，他雙眼注視著少年H伸出來的手。「挖出了狼人T的心臟？你不怪我設局要殺你？」

「別忘了，我們可是夥伴。」少年H微微一笑，「夥伴，就是要接納走錯路的朋友，不是嗎？」

「嗯。」眼鏡猴低下了頭，伸出手，握住了少年H的手。

「走啦，狼人T的身體強壯，就算少了心臟支撐，一兩天內也不會有問題，只要你趕快把心臟……」

「少年H。」這時，眼鏡猴突然開口了。

「嗯？」

「有沒有人說過，你的心軟，」眼鏡猴右手握著少年H的手，慢慢的抬起了頭，薄薄的眼鏡後方，是一雙陰森無比的藍色眼珠，「會害死你？」

「啊？」

「靈，電，網！」

這剎那，少年H看到了眼前一大片交織閃爍的網子，朝著自己罩了過來。

「嗯？」

「少年H，告訴你一個殘酷的事實，這靈電網的能量來源，就是獵物自己的能量，你可知道這代表什麼意思？」眼鏡猴獰笑。「就是你越強，就會捆得越緊，就包裹得越綿密，這時候，你只會怪自己，幹嘛修煉得這麼強？」

只見，靈電網盤桓交錯，瞬間就將少年H的身軀緊緊捆住。

「喔。」少年H低頭，微微皺眉。

「被靈電網捕獲的獵物，越強，就越無法動彈，這是我製造它最得意之處。」眼鏡猴呼呼的喘氣，「接下來，就讓我親自結束你的生命，嗯，順便結束這本書的連載吧！」

「真的嗎？」少年H抬頭，淡然一笑。

然後，一件眼鏡猴從未想過的事情，發生了。

靈電網，專門捕獲強者、專門捆綁高能量物質的靈電網，竟然慢慢的往下滑，鬆開，然後滑落到少年H的腳邊。

「為……為什麼？」眼鏡猴裂紋的眼鏡下方，嘴巴大張。

「眼鏡猴，你似乎搞錯強的定義了。」少年H搖頭。「真正的強者，是可以自在控制自己的能量，如果我的力量不外顯，這電網又要如何吸取我的力量？」

「啊？」眼鏡猴開始發抖，此刻，他突然確信了一件事，他不是眼前這少年H的對手。

少年H，不只是古老的武術天才，這些日子，他與各方神魔交戰，不但從濕婆的掌卜逃生，連女神都沒能殺死他，更與阿努比斯這樣的鬼才，打成了平手。眼前的這個少年H，實力已經遠比當年在地獄列車，高上千萬倍。

這樣的男人，自己怎麼可能打得過？自己……怎麼可能打得過？

除非……

「回來了吧。」少年H再次伸出手。「我們是獵鬼小組，我們是夥伴啊。」

「除非……」眼鏡猴再次抬起頭，那雙陰森的藍眼珠再度出現，這次還佈滿了數位的線條。「我們要一起死，少年H，我們，一起死在這裡吧。」

「嗯。」

「地獄愛因斯坦當年沒有完成的……」眼鏡猴的聲音，冷靜中透著可怕的瘋狂。「靈核彈！」

靈核彈的傳說，在地獄中謠傳已久，據說設計者正是靈電學的創始者，愛因斯坦。

愛因斯坦生前的質能互換理論，正是陽世「核彈」誕生的基礎，而這枚核彈落在日本廣島上，讓二次大戰以迅雷不及掩耳的速度結束，但也賠上了數十萬人的性命，與數萬個家庭長達一整個世紀的核災惡夢。

而這個天才到了地獄，在地獄政府的贊助下，再度啟動他驚人的理工頭腦，領悟出了靈電學，將靈魂視為靈子，讓地獄的科技大幅進步。但，這個驚人的腦袋卻也再次被誤導入了黑暗歧途。

那歧途，就叫做「靈核彈」。

以靈子為基礎，當靈子與靈子分裂時，一股蘊含於其中的驚人能量，將隨之爆發。

方圓百里內的生靈，肯定無人倖免。

不過，這個計畫沒有完成，因為愛因斯坦在完成計畫的最後幾日，突然停手了，強大的內疚壓住了創造滅世怪物的成就感，於是，這靈核彈計畫就此停擺。

接著，愛因斯坦決心退隱，地獄政府關了他幾年之後，他突然失蹤，而他所留下的那些靈核彈資料，實在太複雜，因此無人可解……甚至突然被人偷走了，也無人特意去追究。

只是沒想到，這個從陽世到地獄，都不該誕生的武器，如今卻被眼鏡猴實現了。

眼鏡猴，這個在人間的宅男工程師，竟然解開了愛因斯坦留下的複雜數學公式與文獻，重現了靈核彈的製造方法，而且，還製造了出來。

而這枚靈核彈，就這樣被安裝在眼鏡猴的胸口，散發著幽幽的藍光。

散發著足以毀滅世界的幽靜藍光。

「靈核彈？」娜娜吸了一口涼氣。「眼鏡猴，你真的研發出來了？」

「當然！」眼鏡猴放聲狂笑，但在娜娜的眼中，卻閃過一絲憐憫的神色。

因為現在的眼鏡猴，已經和當年完全不同了，當年的眼鏡猴，雖然帶著一身宅氣，但厚重的眼鏡後面，藏著斯文與聰穎；他總是穿著相同樣式的格子襯衫，笑起來有些靦腆，不過在接到任務時，對任務的執著與認真，卻無人可以質疑。

但現在呢？

眼鏡猴半身都被機械與科技侵蝕，雖然還戴著眼鏡，但眼鏡後方那雙眼睛，卻早已被藍色的數位碼所取代，變得古怪且猙獰。

尤其是胸口那枚象徵人類自我滅亡的靈核彈，將眼鏡猴的模樣變得更加兇殘與可悲。

「眼鏡猴，告訴我，你那隻機械手臂，到底是誰給你的？」娜娜看著眼鏡猴，輕輕嘆氣。

「是誰？讓你走入了歧途？」

「走入歧途？妳搞錯了吧？我現在快樂得很啊！」眼鏡猴雙手張開，「我有主宰世界的力量，我可以和少年H抗衡。妳看，等我打敗了少年H，我要把書名改成地獄眼鏡猴！」

「主宰世界的力量有什麼好？和少年H抗衡又有什麼好？」娜娜搖頭。「就算你打敗了少年H，也不過結束連載，哪來的故事讓你當主角？」

「放屁！」眼鏡猴的情緒極度不穩定，一瞬間又變臉，「妳這隻臭蜘蛛，妳又懂什麼？妳不過是吸了某個不知道哪裡來的臭僧人的一滴水，才變成人形的臭蜘蛛，妳有什麼資格討論人？妳有什麼資格討論我？」

「你！」娜娜臉色大變，正要反駁，忽然，一隻手按住娜娜的肩膀。「少年H……？」

「別說了，讓我來處理吧。」少年H淡淡的笑，笑中，有著難以言喻的惆悵。

「你處理？」眼鏡猴怒吼，「你打算怎麼處理？」

「你啟動靈核彈吧。」

「啊？」眼鏡猴和娜娜同時啊了一聲。

少年H雙手負在背後，臉上的表情依然泰然，左手再度前伸。「你丟吧，我會接住的。」

「你別逼我……」

「沒有逼你，我只是和你說一件事。」少年H此刻，散發著渾然的正氣，而正氣之後，卻是無與倫比的，強者之氣。「靈核彈，威脅不了我們的。」

「怎麼可能！」這一剎那，眼鏡猴狂吼，雙手插入自己的胸口，然後那枚散發著幽幽藍光的核彈，藍光陡然變強，強到由藍轉白，當白到極限，所有的能量，就這樣瘋狂釋放了出來！

「怎麼辦？他還真的啟動了欸。」少年H抓了抓頭，笑了。「沒想到，現在的年輕人，怎麼這麼沉不住氣啊。」

「那怎麼辦？」娜娜跺腳，「我們都會死在這裡，甚至是地獄遊戲裡面五分之一的人口也會同時滅亡啊！」

「死在這裡？」少年H搖了搖頭。「也不盡然啦。」

「啊？」

「太極旋勁。」少年H表情冷靜，雙手張開，然後一個巨大的黑白兩色太極圖騰，就在他的雙手出現。「包圍這核彈吧！」

這秒鐘，娜娜看得是目眩神移，看得癡了。

不是因為靈核彈驚人的爆發力，而是少年H身上的那個太極，好清楚好清楚。

這是可視靈波啊！如此清楚而明亮的可視靈波！這不是神魔才有的等級嗎？少年H何時到會境界了？

然後，那個清楚巨大的太極，挾著優雅而充滿力量的旋勁，一口氣迎向了狂暴至極、無所不殺的靈核彈爆風。

靈核彈的能量，以它自己為核心，在零點零零零零一秒的時間，瘋狂往外擴散，但卻在下一個零點零零零零一秒的時間，被一口氣壓了回來。

壓回到一個太極構成的圓球之中。

而那枚太極圓球，就位在少年H的雙手之間。

「一碗水。」少年H的呼吸勻長，雙手散發強烈的可視靈波，此時此刻，他已經將他最得意的卸勁功夫，發揮到了極致，他要卸的，不是有形的拳腳，也不是風或火，而是能量。

一股來自靈子核心，被人用來毀滅世界的巨大能量。

到了此刻，才真正顯示出少年H的功力，能逃過兩大神祇追殺，與阿努比斯抗衡的真正功力。

「怎麼……怎麼可能？」眼鏡猴眼睛睜得好大，「怎麼可能……怎麼可能……」

越是說著，眼鏡猴的語氣已經漸漸出現了哭音，「怎麼可能……」

太極圓球內，刺眼的白光宛如驚濤駭浪般不斷湧現，表示靈核彈，這傳說中的武器，正在不斷釋放駭人的能量，這些駭人能量一旦落了地，接觸到任何一個城市，都足以將這些城市化成灰燼。

只是，這些能量卻被一雙手完全封鎖了。

那雙手的主人，就是少年H。

「怎麼可能……怎麼可能……」眼鏡猴的聲音越來越衰弱，越哭越悲傷。

就在眼鏡猴跪了下來，邊說邊哭的同時，忽然，他的右邊臉頰一陣火辣，竟被人打了一個耳光！

眼鏡猴抬起頭，看見了那雙熟悉的明媚眼睛。

「娜娜！」眼鏡猴摸著自己的右臉，「幹嘛……幹嘛……打我？」

「笨蛋！笨蛋！笨蛋！」娜娜打了眼鏡猴右臉，打完之後又打了左臉，於是就這樣，左臉，右臉，左臉，右臉，不斷的打著。

眼鏡猴沒敢動，因為他發現，娜娜的掌心，沒有用到半點靈力，換句話說，娜娜用的是肉掌，赤裸裸的肉掌，在打眼鏡猴的臉。這樣的痛，不只眼鏡猴感覺得到而已，娜娜的手掌也承受著同樣的痛。

「娜娜……」眼鏡猴在一陣陣啪啪啪的臉頰疼痛中，低聲說。

「你差點殺了所有人！你差點害死狼人T！你差點害死了自己的夥伴！」娜娜語氣也開始有了鼻音。「你……」

感受著娜娜手掌不斷傳來的痛，絕招盡出、精疲力竭的眼鏡猴，突然明白了。

他，終究不是少年H的對手，這一切只是夢，他的怒意、他的悲傷，終究只是一場夢而已……而當夢醒了，真正關心自己的，就是這個不願啟動靈力，以肉掌打自己臉頰的女孩。

這個，打心底將眼鏡猴視為夥伴的……真正夥伴！

娜娜。

忽然，眼鏡猴低聲的說了。

「娜娜，對不起……」

「對不起有用嗎？」娜娜聽到眼鏡猴這樣說，微微一頓，隨即語帶哭音，繼續打下去，手心更浮腫而出血。「你！你！你這樣對得起小三嗎？為大家犧牲的小三嗎？」

「娜娜，沒關係啦！眼鏡猴知道錯就好了，回來就好了。」這時，少年H開口了，只見他掌中那枚太極之球，裡面不斷翻湧的能量，已經衰滅了。

這場核爆與太極之間的奇異對決，就這樣悄然的接近尾聲。

「其實，已經回不去了。」眼鏡猴說到這，微微苦笑。

「回不去了？」少年H與娜娜同聲問。

「要啟動最後一個機器人，要啟動靈核彈，我拿出了我全部的靈魂去換！」眼鏡猴閉上眼，「現在的我，靈魂已經殘破到無法復原了。」

「眼鏡猴……」這秒鐘，少年H和娜娜同時沉默了。

「真對不起，最後一刻，我可以和你們說一說我的夙願嗎？」眼鏡猴看著兩人，溫和而疲倦的笑了。

「嗯。」

「其實我的夙願沒有那麼可怕，卻糾纏了我好多年……」眼鏡猴閉著眼，說出了一個悲傷的故事。

眼鏡猴，生前是一個非常會考試的哥哥，他的理工很好，對數理的理解能力很強，常常不用讀多少書，就可以拿到高分，更讓他的求學之路非常平順。

相較於哥哥的天資聰穎，眼鏡猴的弟弟，卻是一個非常努力、但總是拿不到高分的可憐孩子。

而且，兩兄弟偏偏還有一對非常熱愛「比較」、令人討厭的父母。

父母總是不斷責備著弟弟，不斷誇讚著哥哥，不斷罵著弟弟不夠努力，他們總以為，同樣是自己所生的兩個小孩，資質不會差太多，弟弟之所以考不好，是因為潛力尚未被激發，所以他們用盡了各種不堪的語詞與態度，要「激發」弟弟的潛力。

在這樣的環境中，也養成了眼鏡猴驕寵的個性，他總認為自己很厲害，而弟弟老是在丟著自己的臉。

每次出外找朋友，眼鏡猴總是要弟弟做一些跑腿、逗自己朋友笑的事情，完全不顧弟弟的尊嚴，更與朋友一同嘲笑自己的弟弟。

但，弟弟卻仍崇拜著眼鏡猴，因為從小在弟弟的眼中，哥哥就像是一個聰明無敵的超人，能夠解決所有的問題……

這些隱含的負面能量，就在眼鏡猴考上理想大學後的四年，那一年，弟弟已經重考了第三次時，終於爆發。

而弟弟的准考證，也被拿去拜過了台灣大大小小各個和考試有關的廟，當然也包含了那個妖神之廟。

只是，迎接弟弟的，卻是第三次落榜。

榜上無名，這一剎那，爸爸媽媽氣到不肯和弟弟說話，而眼鏡猴做了一件，連自己都沒有想過、極為殘忍的事情。

那一天，弟弟正縮在椅子上看書，忽然，眼鏡猴走到了弟弟的身後，然後在弟弟耳邊輕輕說了一句話。

「求你不要再丟我們家的臉了。」眼鏡猴說得很輕，但很輕的語調中，卻充滿了鄙夷與蔑視。「你去死吧。」

你去死。

你去死?你去死?你去死?

你，去，死！

然後，就在那一個晚上，弟弟真的死了。

一個從襁褓中開始，必須用盡千萬力氣，每個細節都必須小心呵護才能長大的生命，卻只用一條細細的繩子，就輕易結束了。

也就是從那一晚開始，眼鏡猴開始夢到弟弟，然後他從一個品學兼優、強悍銳利的考試達人，變成了宅男工程師。

那個家，也在這一個晚上，應聲崩潰。

父親承受不住打擊，中風昏迷，而母親則自責於自己的過度嚴苛，從此加入慈善團體，只為減輕每個晚上洶湧而來自責與內疚。

眼鏡猴後來畢了業，開始工作，但只做了幾年，就猝死在自己的房間內。

死時，他的身邊堆滿了各種電子儀器、黃色書刊、色情影片，還有一堆洋芋片等零食。

據法醫調查，是過度勞累造成的猝死，很典型的慢性自殺死法。

而眼鏡猴死後，到了地獄，因為靈魂中仍保留了驚人的電子科技天分，在經過重重遴選之後，被選為了獵鬼小組的實習生，三年後，正式當上台灣獵鬼小組的一員。

這漫長的數年內，眼鏡猴充分發揮了他的電靈學長才，發明了不少機器，不只提升了獵鬼小組的戰鬥實力，許多機器更被用在地獄政府與人民身上，改善了不少地獄人民的生活。

但一直到此刻，眼鏡猴，才終於說出了自己的夙願。

「我知道，地獄對自殺的亡靈非常嚴苛，我弟弟可能被打入了地獄深處的監獄之中，受盡各種痛不欲生的苦，而我的願望很簡單……」眼鏡猴閉上了眼，「如果我從獵鬼小組退休，我希望能替弟弟贖罪，能讓他回到輪迴！」

聽完了眼鏡猴的故事，以及眼鏡猴說自己此刻的狀況，娜娜沉默了。

「眼鏡猴……」娜娜看著眼前這個身軀已然殘破、半人半機械的男孩，其實這些年來，他自己比誰都要內疚，比誰都想要贖罪，但他內心的衝突也比誰都來得強烈……因為是他親手毀了自己的弟弟，毀了自己的家庭。

所以他會入魔，因為他聰穎的天資和無盡的愧疚，讓他做出了這個如此錯誤的決定。

只是，就在娜娜沉默無言之際，少年H的雙掌合了起來。

這一合掌，代表太極之球已經消失，而裡面足以摧毀一整個城市的靈核彈呢？

「解決了。」少年H呼了一口氣，「花了點時間，但總算把所有的能量卸掉了。」

「張天師，你真是厲害。」眼鏡猴看著少年H，此刻的他，原本的藍眼珠逐漸褪色，變回了正常人類的眼珠，但眼神中，屬於生命的光芒，也緩緩的黯淡下來。

眼鏡猴靈魂的能量已經快要枯萎了，他的壽命已經走到了尾聲，娜娜知道，少年H當然也懂。

「還好啦。」少年H看著眼鏡猴，溫和的笑了。「你回來了嗎？眼鏡猴？」

「我回來了，張天師。」眼鏡猴聽懂了少年H的意思，回來，代表的是眼鏡猴又重新找回了自己。

「你沒回來的時候，可造成了不小的破壞哩。」少年H往四周看去，剛剛與眼鏡猴激鬥過的痕跡，將整個林口老街摧毀了大半，至少造成上百棟民宅倒塌，只能慶幸，這裡不是真實世界，這裡是地獄遊戲。

「呵呵，是啊。」眼鏡猴一笑，此刻的他，笑容比剛剛入魔時，輕鬆許多，而他的眼神，卻因為生命力量的不斷流逝，而持續黯淡著。

「眼鏡猴，你剛剛說到了你的夙願。」少年H低下身子，看著躺在地上、已經動彈不得的眼鏡猴。「是關於你弟弟嗎？」

「嗯？天師，你也有聽到？」

「嗯。」少年H溫和一笑，「其實，我有件事要和你說。」

「啊？」

「在你們進入地獄遊戲之前，我曾去找過蒼蠅王。」
「蒼蠅王？地獄政府實質的領導者？」
「是，我和他們說，地獄遊戲此行極度凶險，九死一生，台灣獵鬼小組成員中，若有人夙願未清，可以請他先處理，就當作送他們的臨別禮物。」少年H注視著眼鏡猴，語氣溫和，「但蒼蠅王考慮到這不符合規定，所以……要我務必保密。」
「夙願未清，臨別贈禮？」眼鏡猴垂死的眼睛，瞬間陡然睜大，「天師，您的意思是……」
「我的意思是……」少年H眼神溫柔，「你弟弟現在正在地獄第三層，那裡不冰冷、不炎熱，也不是一望無際，沒有酷刑，那裡是正常地獄居民的居所。」
「啊啊，啊啊。」眼鏡猴這一剎那，張大了嘴，一句完整的話也說不出來。「所以，所以，張天師，您，您——」
「他還給了蒼蠅王一張照片，說是轉交給你。」少年H在懷中一陣掏摸，然後拿出一張照片。
此時眼鏡猴的身軀已經無法動彈，但他的眼神卻好熱切，移向了少年H手上那張照片。
然後他哭了，也笑了。
那是一個和眼鏡猴長得有幾分相似的男人，這男人臉上曬得黝黑，頭上戴著農夫的斗笠，身上穿著汗衫，右手高提著一串半個人高的葡萄。

這是地獄的葡萄，其尺寸可以長到成人般大小。

然後照片下方，用粗筆字寫著：

「哥，今年地獄雷鬼葡萄的收成很好。」那弟弟黝黑的臉上，是陽光般的笑容。「等你回來，我們一起來吃。」

這一剎那，眼鏡猴放聲大哭起來。

他不斷的哭著，哭著，彷彿想一舉傾瀉數十年來隱瞞著這個夙願的痛苦，傾瀉當時自己一句惡意的「你去死」所造成的內疚，傾瀉看著父母親崩潰的痛苦，也傾瀉自己這些年來的歉意與悲傷。

傾瀉……傾瀉著……

直到，眼鏡猴的哭聲小了。

當哭聲停止，眼鏡猴的眼神已經不再有青藍色的數位直線，而是完全回復了人的樣子。

而他的表情，顯得好輕鬆，彷彿放下了好重好重的擔子，五官肌肉也舒展開來。

「張天師，大恩不言謝，但……」眼鏡猴疲倦但輕鬆的笑著。「在我靈魂的盡頭，有兩件大事，一件小事要和你說。」

「請說。」少年H和娜娜互望一眼，他們都知道，眼鏡猴的夙願已清，接下來就是交代遺言了。

「第一件小事。」眼鏡猴移動虛弱的手臂，露出了自己的胸口，被電子機器改造後的胸口肌膚，竟被他直接拉開。

這一拉開，裡面竟然有一枚正閃爍著藍光的砲彈。

「靈核彈，還有一顆？」娜娜吸了一口涼氣。「你說這是小事？」

「靈核彈如果可以被天師用雙掌壓制，那就是小事。」眼鏡猴的眼睛看向少年H。「天師，如果我當時把這顆也丟出去，你一樣接得下來吧？」

「……」少年H沒有立刻回答，想了一會，才回答，「是，我接得下來。」

「所以這顆就交給你們了。」眼鏡猴苦笑。「我發現，靈核彈威力很驚人沒錯，但如果是天師等級的高手，恐怕無法造成傷害吧？」

「或者，對不希望地獄遊戲受傷的人來說，它具有威脅性，所以我們會出手壓制它。」少年H點頭。「但若真要傷害我們，威力還不夠。」

「所以這枚靈核彈就交給您了，天師，它是不祥的東西，您要毀掉它也可，要用它也可。」眼鏡猴嘆氣。「就交給您處理了。」

「嗯。」少年H再次點頭，然後開口了。「另外，你說的兩件大事是什麼？」

「第一件大事，很抱歉，狼人T的心臟現在不在我這裡，因為被另一個人拿走了，那個人就是要我用靈魂交換機械手臂的人，而且……這人的名字，也在黑榜十六強之中！」

「在黑榜十六強之中？」少年H心中一凜，經過這些日子的亂鬥，黑榜十六強的排行已經鮮少被妖魔們提及，但從未有人懷疑過，他們十六個人的驚人實力。

尤其是前四張A。

「那個人，其實很早就登場了，卻始終躲在幕後。」眼鏡猴嘆氣。「如果你要拿回狼人T的心臟，恐怕是一場艱苦的戰役，因為……那人還在四張A之內！」

「四張A？」少年H吸了一口涼氣。

四張A中，還有誰早就登場，卻一直躲在幕後？

扣掉黑桃A蚩尤、紅心A濕婆、梅花A賽特，還有一張A，對，還有一張鑽石A！

「我不知道這人為什麼執著於狼人T的心臟，但這似乎不是他第一次出手對付狼人T了，之前就曾經派出開膛手傑克與狼人T對戰過，但一直到最近，他才透過我的手，真正取得心臟。」眼鏡猴注視著少年H，眼睛裡的生命力，已經接近枯竭。「對不起，這就是我知道的全部……」

「所以，要找回狼人T的心臟，還要面對最後一張A？」少年H微微吸了一口氣。

曾經與土地公、與濕婆進行生死搏鬥的他，比誰都清楚，能登上四張A之列的能耐。

「抱歉。」眼鏡猴眼神充滿了歉意。

「事在人為。」少年H搖了搖頭。「更何況你是被夙願迷惑，也非你所願，狼人T這傢伙福大命大，肯定會沒事的。那你講的第二件事呢？」

「第二件事……」眼鏡猴的眼神正不斷黯淡下去，「則和您有關……」

「和我？」

「剛剛的激戰中，我感受到您體內，有著和我類似的感覺。」

「和你類似的感覺？」

「要小心，時機似乎近了。」眼鏡猴聲音已然細微。

「嗯？」少年H和娜娜把耳朵湊近了眼鏡猴的嘴巴。

「若傷心……」

「傷心？」

「會讓您也……」眼鏡猴的聲音更弱了，「入魔……」

娜娜和少年H互望一眼，眼鏡猴最後的幾句話像是囈語，但他們卻清楚的聽到兩個字，入魔，還有，少年H。

少年H有入魔的危險？怎麼可能？

只是，眼鏡猴的聲音戛然而止，原本就已經黯淡無光的眼神，終於像是關上了燈光，完全陷入黑暗。

接著，娜娜懷中的眼鏡猴，全身被一股淡淡的光芒包圍。

光芒中，眼鏡猴慢慢的分解、變形，最後化成十餘個道具，散落在地上。

只是散落的道具中，偏偏有一樣沒有落在地上，而是直接掉到娜娜的手中。

「這……不是道具？」娜娜看著手上的那東西，閉上了眼，眼淚就這樣從臉頰滑落。「原來，你一直隨身帶著這樣的東西？而且到了死，都不願讓這東西分解？」

那東西，是一張照片。

照片上，共有五個人。

居中的男子看起來很蒼老，臉上有著古老的刺青，笑起來充滿智慧。左邊第一個是名女子，笑起來美麗而妖嬈，正玩著手上的蜘蛛絲線。左邊第二個，瘦弱而纖細，笑得很靦腆。右邊第一個戴著眼鏡，笑起來帶著些許邪氣，模樣像是宅男工程師。右邊第二個，又高又壯，眼神銳利，肩膀上扛著一個大鎚，笑得豪氣而陽光。

然後照片的正下方，寫著一行字。

「台灣獵鬼小組，最開心的時光，一九九九年，攝於，台灣。」

眼鏡猴散落分解，象徵著他的靈魂正式回歸消散。

此刻，連少年H都微微沉默了，這一剎那，他想到了當年地獄列車上第一個犧牲的戰友，雷。

雷說話尖酸刻薄，卻比誰都重視自己的任務，當時他與黑榜十六強上的梅花J蘭斯洛，以性命相搏的對決，最後兩人同歸於盡。

以及後來小三以自己的生命，阻擋了血腥瑪麗……

忽然間，少年H有些落寞，從人世到地獄，走過數百個年頭的他，總能保持內心的平靜，總能堅持自己的信念，但從地獄列車到地獄遊戲這段旅程中，他遇到了好多人：狼人T、吸血鬼女、羅賓漢，以及讓他最為記掛的……貓女。

「好像，」少年H昂起頭，看著遠處的高樓上，一個正在跳動的電子時間，那是以晚上十二點為期限，不斷倒數的計時器，「是該讓這場遊戲結束的時候了……」

「天師……」娜娜一聽到這句話，猛然抬頭，「你的意思是……」

「嗯，就算是這樣想，但前方還有女神，還有一張鑽石A沒有打開，」少年H微微嘆氣，「要努力的地方還很多。」

「嗯。」

「那我們走吧。」少年H捲起了袖子，朝著眼前這堆舊街廢墟往前走去。

「去哪？」

「找我們的同伴啊，」少年H微微一笑，「狼人T這傢伙應該被埋在這堆廢墟之中了吧，不過幸運的是，這傢伙的生命力是我看過最強的，所以他不會死，頂多是少了一枚心臟而已啊！」

只是，狼人T的心臟呢？

它，此刻正沉穩的跳動著，在一個戴著白色手套的手心上，沉穩的跳動著。

「這是傳說中的蘋果。」那白手套的主人，開口了。

聲音不陽剛，也不陰柔，不多不少的中性，悅耳得宛如交響樂章。

「當年，惡魔之蛇引誘亞當與夏娃吃下的蘋果，大概就是這個模樣吧。」那聲音微微揚起，彷彿帶著笑意。「只要吃下蘋果，就會被驅離樂園，但同樣只要吃下蘋果，就不再只是無憂無慮的小人類，能夠進化繁衍成足以和諸神抗衡的族群。該不該吃呢？這顆誘人的蘋果？」

「蒼蠅王啊，」那聲音繼續自言自語著，「看在……呵呵，我曾經是你的老長官份上，就讓我用這顆蘋果……替你痛快的報仇吧！」

同一時間，還有另外一幕場景正在推進，但這裡不是地獄遊戲，這裡是真實的世界。

這裡窗明几淨，整潔舒適，這裡是一個二十七八歲女子的房間。房間內，一個女子正從電腦前面甦醒，她用力伸了一個懶腰。

接著，又深深的吸了一口氣。

「結束啦。」

她動了動滑鼠，然後按下「關機」，並順手切掉了電腦螢幕。

「真的結束了。」女子起身，在鏡子前簡單整理了一下儀容。「好長的一段遊戲旅程，真的結束了。」

鏡子中，這女子有著一點點睡眠不足的小眼袋，皮膚有些暗沉，但晶亮的眼睛和帶著微笑的嘴角，卻給人一種輕鬆的感覺。

彷彿經歷了一段好長的旅程，終於回到家時的那種輕鬆。

「接下來要幹嘛呢？嗯，來聯絡朋友好了，也好久沒有找她們出來吃飯了。」女子從自己的外套中，掏出了手機，然後滑動螢幕，尋找那一串曾經熟悉但快被忘卻的名字。

「不知道大家過得好嗎？」女子自言自語著，臉上依然掛著那輕鬆的微笑。「呵呵，我過得還不錯喔，畢竟，扣掉無聊辛苦的工作，我還曾經多次親身體驗浴血奮戰，親眼目睹人與神的戰鬥，還偷偷暗戀過一個人……呵呵，不過，都結束了。」

「現實世界，我回來了。」女子最後再伸了一個大懶腰，臉上是陽光般的笑容。「再見啦，刺蝟女，我曾經眷戀不已的身分，再見啦，眼鏡猴，我曾經小小單戀的宅男，再見啦，少年H，再見啦，地獄遊戲，這個陪伴我多年、讓我重新找到自己的遊戲……」

再見啦，地獄遊戲。

再見啦，我，刺蝟女，要回到現實世界了。

然後，當少年H正踏向廢墟的同時，忽然像是想起了什麼，回過頭，把眼鏡猴胸口的那枚靈核彈撿了起來。

「天師，你要做什麼？」娜娜啊的一聲。

「這樣的東西，其實對真正的強者沒用，但卻會大量傷害地獄遊戲的居民，坦白說，是有些棘手。」

「是啊，怎麼辦呢？您要馬上毀掉它嗎？」娜娜嘆氣。「毀了它，避免落入有心人士之手！」

「不，我沒有要毀掉它。」少年H昂起頭，露出一個笑容，這笑容竟然帶著惡作劇的調皮。

「事實上，我還打算把它丟去一個地方。」

「啊?哪一個地方？」

「另外一個會壓制它的人，另一個也不希望地獄遊戲玩家受傷的人。」少年H微笑。「讓它發揮最大的作用！」

「啊？」娜娜眨著大眼睛，眼神訴說著，她真的聽不懂。「聽不懂……」

「等一下再解釋給妳聽！」少年H開始在廢墟中掏挖，「我們先來找狼人T吧！太晚找到他，這傢伙可是會生氣的大吼說：『吼！你們都不關心我！』」

「呵呵，是嗎？」娜娜想像起狼人T發怒的傻樣，忍不住笑了。

「一定是的。」

娜娜蹲下身子，注視著少年H奮力挖掘廢墟的背影，這背影精瘦卻又充滿了安全感，讓娜娜不禁微笑起來。

只是，這笑容到了一半，娜娜忽然想起了眼鏡猴臨死前的那句話。

「入魔。」

少年H如此可靠堅強的人，怎麼會與入魔有關？這入魔兩字，又是什麼意思呢？想到這，娜娜不自覺的，打了一個很冷很冷的寒顫。

還有，少年H剛剛對她說的、關於靈核彈的事。他究竟打算把靈核彈丟到哪裡去呢？另一個也怕地獄遊戲受傷的人，會是誰？

第二章　這次，我要施展的，是最豪華的刺殺陣容

「眼鏡猴的生命結束了……」

這裡，是林口的街道，要知道所謂的林口，其實是一種泛稱，大林口其實包含了一半的新北市林口鄉，以及一半的桃園縣龜山鄉，像是一般人熟知的林口長庚、華亞科學園區，都在龜山這一塊，事實上，林口最熱鬧的區域，其實是在桃園龜山。

而一個男人，正踏在龜山鄉的道路上，他看著自己的手機，上面傳遞的，就是整個林口玩家追蹤黑蕊花的最新進度。

「少年H抑制靈核彈，擊敗眼鏡猴，正在搶救狼人T……」

這男人穿著黑色風衣，輕輕的嘆了一口氣，「眼鏡猴死了啊，他的靈電學可是地獄的寶物啊，沒想到，他也在這場戰役中陣亡了……那個機械手臂，如果我沒猜錯，應該是『他』的傑作，畢竟，以靈魂交換願望，是他的能力，也是他最可怕之處！」

「只是……又少了一個老友了。」那男人眼神閃過一絲惆悵，表情瞬間柔軟，但隨即，又回復了原本的剽悍冷硬，「不過，接下來才是最麻煩的地方！」

「眼鏡猴死後，一旦狼人T被少年H找到，也就代表黑蕊花落到少年H手中了！」

「黑蕊花落到最麻煩的人手中了。」那男人抬起頭，仰望著眼前淺藍色的天空，他的表

情正在笑。「看樣子，老友，我們再次交手的時刻，又快到了啊！」

說到這，這男子拿起手機，略微沉思之後，撥出了一通電話。

電話接通了。

「我是阿努比斯。」黑衣男子開口。

這名黑衣男子果然是阿努比斯，果然是少年H今生最強的夥伴，以及最可怕的宿敵。

「幹嘛？」對方是一名女子，聲音低沉，簡單兩個字，卻充分展現與阿努比斯抗衡的氣勢。

「我要妳出手。」阿努比斯的聲音中，有著不容許拒絕的氣勢。「瑪特。」

「喔，對手是誰？」

「妳覺得呢？」

「剛殺掉那條笨蛇的那隻蝙蝠嗎？」

「妳的情報還是很精準，也很聰明。」阿努比斯嘴角微微揚起。「但是，可別像眼鏡王蛇，被那蠢到不行的魔法所騙了。」

「別把我和那南埃及的笨蛋相提並論。」瑪特冷哼一聲，「不過，阿努比斯，倒是很難得。」

「什麼難得？」

「你會親自對我下令，你……」瑪特的語氣，有著洞悉一切的精明，「打算佈置什麼樣的舞台?是在等待少年H嗎?」

「我敢肯定,那隻蝙蝠不會是妳的對手!妳太聰明了!」阿努比斯冷笑。「是的,我的確是要對付少年H。」

「理解,我會讓吸血鬼女發揮不了作用的。」瑪特語氣冷靜而自信,說完,瑪特直接掛上了電話。

阿努比斯看了電話一眼,笑容更擴大了。

「好樣的,敢直接掛我電話的,除了女神,大概就只有妳了吧!」阿努比斯收起了電話。

「吸血鬼女啊吸血鬼女,請別怪我,瑪特親自出手,就算妳身上有著古老且純正的吸血鬼血液,大概……也難逃此劫吧!」

然後,阿努比斯慢慢把手機收了起來,仰起頭,對著眼前這片車來車往的道路,忽然,他開口了。

「跟蹤我跟了這麼久,也該出來了吧。」阿努比斯一抖長大衣,豪氣萬丈,「或者說,你打算被我的獵槍,直接轟成碎片?」

「出來……」阿努比斯的話才剛說完,忽然,他眼前一花。

一個巨大的黑色影子，瞬間出現在阿努比斯的面前，緊接而來的，是地板被這影子的雙腳，用力踩破的聲音。

不只速度，連力氣也大得嚇人啊？

「出來就出來，出來也只是讓你提早沒命而已啊。」黑影咧嘴大笑，然後揮拳。

這拳好快。

快到直接正中阿努比斯的臉頰，而阿努比斯連閃都來不及閃。

但猛烈的拳頭下方，阿努比斯的那張胡狼臉，卻沒有半點遭到突襲的窘迫，反而在笑。

笑得好霸氣。

「這樣的力道，你肯定不是人類，你是狼人族的吧。」阿努比斯冷冷的說。

「眼力不錯。」一片光線灑在這黑影上，同時照出了他真正的面目。

全身都是硬如鋼鐵的短狼毛，長鼻，獠牙，還有一雙深邃的綠眼珠，這的確與狼人T狼化時有幾分相像。

「我也認識一個狼人，他鹵莽而衝動，一身蠻力加上宛如蟑螂般的生命力，是你們狼人族最得意的特質。」阿努比斯獰笑，「但你們有個缺點，你知道嗎？」

「什麼缺點？」

「速度。」

速度？下一秒，阿努比斯的右手快速搭上了這刺客的拳頭，用力一轉，就這樣把拳頭架開，當刺客還沒來得及反應時，一個冰冷的硬物就頂上了刺客的下巴。

這冰冷的硬物，飄著煙硝味，圓形而冷硬，這是槍管。

是阿努比斯一路上最忠誠的戰友，獵槍。

「呃。」刺客的眼睛往下瞪著獵槍槍管，氣氛凝滯。

「狼人的戰鬥力和蠻力是很有名沒錯，但我從來沒聽過狼人可以在這麼近的距離，躲掉獵槍子彈。」阿努比斯語氣低沉。「現在換你來說話了。」

「換我？」

「是啊，你是哪方的勢力？」阿努比斯霸氣十足，壓迫著眼前的刺客。「雖然身負狼人血脈，但你不像是少年H的夥伴，更不可能是人類的刺客，你到底是誰？」

「我……」

「不過，你不說也可以。」阿努比斯慢慢的笑了。「因為我的耐心不太好，通常問到第二遍，就會不小心開槍了，聽好了，我再問一次，你究竟……」

你究竟……

下一剎那，阿努比斯感到自己的獵槍槍管微微一晃。

眼前的這名狼人，竟然發動了攻勢。

「好樣的，要和我的獵槍拚速度嗎？」阿努比斯大笑，「這麼有勇氣的種族，讓我實在無法討厭你們啊！」

說完，阿努比斯扣下了扳機。

這一剎那，扳機的力量衝擊了撞針，火花引發了驚人的火藥爆炸，火藥順著狹窄槍管往外怒衝，強大衝擊猛力撞擊子彈的尾端，將子彈的速度不斷提升，提升，再提升！

當子彈離開了槍管，已經變成了帶著強烈旋勁的火燙兇器。

子彈出膛，宛如長刀出鞘，挾著摘下敵人頭顱的絕對殺氣，朝著眼前的狼人射去。

阿努比斯有自信，狼人躲不過這枚子彈，當年，他還是地獄列車車掌的時候，必須載運各式妖怪，對於狼人這一種族，阿努比斯有百分之百的自信，他躲不掉。

這個黑影刺客，絕對躲不掉，只要他是狼人！只要他是……

但，下一秒，阿努比斯卻吃驚了。

因為他發現，他子彈的高速軌道上，沒有那個刺客的身影。

刺客不在，代表著他已經脫離了這個軌道，而能夠在如此短的瞬間脫離軌道，只有一種可能……他夠快！

「啊？」阿努比斯腦海中瞬間閃過數十個想法，但都來不及進行驗證確認，手臂就傳來痛徹心腑的劇痛。

接著，劇痛之後，是手心的獵槍被拉扯走的空虛感。

「獵槍？！」阿努比斯的另外一隻手，急忙要繞回來奪回獵槍，但這個刺客的動作實在太快，竟在下一秒，從阿努比斯的眼前消失。

下次出現，已經是數公尺遠的安全距離。

「好快？狼人有辦法這麼快嗎？」阿努比斯摸了摸手上刺痛的傷痕。

手臂上，是兩個十元硬幣大小的流血圓孔。

「另外，狼人的攻擊全部都是靠著雙腿的肌肉進行發動，能夠這樣來去自如，彷彿長了翅膀嗎？更何況，狼人的牙齒不會咬出這樣的小洞，所以……」阿努比斯看著自己手臂上的傷口，眼睛瞇起。「……你不是狼人？」

光線，照清楚了剛剛快速移動的刺客身影。

但此刻刺客的模樣，竟然與剛才截然不同。

「翅膀、吸血獠牙、精密的攻擊，還有快到不像話的速度。」阿努比斯咬著牙笑了。「真令人吃驚，你是吸血鬼？還是狼人？」

「吼。」下一秒，眼前的刺客高舉了獵槍，然後翅膀一振，朝著阿努比斯猛衝而來。

阿努比斯吸了一口氣，急忙以雙拳護住臉部要害，下一刻，猛攻已經來了。

高速的爪子，急速的振翅，短短的幾秒鐘，就在阿努比斯的身邊，增加了上百道傷口，然後，就在阿努比斯稍微喘口氣的同時，他聽到了那刺客在他的耳邊輕聲說道。

「吸血鬼的速度加上狼人的力量，我自己發明了一招……」那個聲音這樣說著，「叫做絕速俯衝！」

絕速俯衝？

下一秒，阿努比斯感到正面一股力量衝來，這力量之快、之猛，威力之強，竟然讓阿努比斯以為自己被一台時速三百的高鐵列車正面撞上，不，阿努比斯在腦海快速修正數字，應該是二十倍重量，時速一千的高鐵列車！

力量強悍，阿努比斯被往後急撞，撞入了重要道路的車陣之中，這些高速行駛的車子，被阿努比斯打橫的掃亂了，頓時互相撞擊，亂成了一團。

當所有的汽車在突然的衝擊下，停在熊熊濃煙之中時，那個元兇阿努比斯，竟然沒有倒。

「喔？」這一秒，刺客的表情微微改變了。

阿努比斯邁步走來，那身黑色大衣，有些破損，卻依然隨風飄揚。

「狼人與吸血鬼，在地獄醫學的研究中，被喻為極度陰性與極度陽性的兩種血液，這兩種血液，僅僅只是一起滴入實驗室的滴管中，都會開始廝殺直到一方完全被殲滅為止。」

阿努比斯繼續往前走，踏過了滿地的車輛殘骸，滿地的濃煙。

「但這樣兩種血統可以被混合，並且出現在同一個人身上，堪稱是地獄醫學的重大成就，我記得歷史上只有那麼一次，那是黑桃J與華佗兩大地獄醫者攜手的成果！」阿努比斯慢慢的往前走著，背後的濃煙與爆風，吹動著他的大衣，顯示著他絕對的霸氣。「只是，那個人後來離開了，許多人想要找他都找不到，原來，他在這裡……」

「哼。」黑影低哼了一聲。

「是吧？狼人與吸血鬼的珍貴混種，或者，該稱你當時的名字……」阿努比斯冷冷的說。

「混血！」

這一剎那，這個刺客的表情變了。

因為他的確聽到了自己的名字。

混血。

「混血，縱使你有吸血鬼與狼人的雙血統，但，你能傷我，表示……你也經過了無數的苦練吧？」阿努比斯仍不斷往前，霸氣順著他每踏出一步，就震盪了混血的心臟一次。

「阿努比斯……」混血突然感到自己的心跳莫名顫動，這是戰慄的感覺嗎？然後混血更發現了一件怪事，那就是他的眼睛看不清楚了。

他急忙揉了揉眼睛，但越是揉，眼前的景物就越不清楚，忽然，混血懂了。

這不是他眼睛的問題，而是因為起霧了。

原本風清月明的龜山街道，正緩緩的陷入一片陰柔的白色世界之中。

這霧，究竟打哪來的？打從心底浮現的疑問，讓混血心臟的戰慄感，又更猛烈了。

因為他聽到了，霧中，那阿努比斯的聲音。

「既然知道了你的身分，」阿努比斯的嗓音低沉，在霧中忽遠忽近的迴盪著，「那我就不用保留實力了。」

「不用保留實力？」在此刻，那股戰慄感又加強了。

混血會感到戰慄是因為，無論是血統裡面的狼或蝙蝠的野獸直覺，都告訴著他一件事。

霧的後面，是一頭比他更兇猛、更殘暴、更可怕的怪物。

「第一步，先拿回獵槍。」

混血一愣，只見他手中的獵槍上，不知何時，已經被一隻手抓住。

「啊？」當他順著手看過去，混血又看到了那充滿霸氣的，阿努比斯的笑。

「獵槍我拿走了。」阿努比斯的笑容剛結束，下一秒，混血就發現自己的手空了。

而阿努比斯的身形，已經遁回了濃霧中，混血的視線裡，再次剩下一大片白霧。

「該死。」混血感到全身戰慄，剛剛還掌握了戰局優勢的他，怎麼在一眨眼間，就主客逆轉，被阿努比斯完全玩弄在股掌之中？難道，這就是阿努比斯的實力嗎？這就是能和少年H抗衡的實力嗎？

好可怕！好可怕！這男人好可怕！

「不准！不准怕！」忽然，混血搥了自己的胸膛一拳，這一拳，讓他的心臟瞬間停住，然後又在下一刻快速顫動。「心臟，給我冷靜下來！」

這樣的心臟暫停，瞬間壓抑了胸口深處不斷湧現的戰慄感。

這是險招，因為若是處理不當，這樣做可是會瞬間斃命，混血使出這樣危險的招數，目的只有一個，就是要把自己逼到極限。

「我不怕，我是地獄醫學的奇蹟，我擁有兩種完全不同極性的血液。」混血咬著牙，「我對自己做了這麼多痛苦的訓練，才能將身體內的吸血鬼速度和狼人力量都發揮到極致，我就是在等這一刻啊，殺敗阿努比斯，一戰成名！」

混血的拳頭握得好緊，再次往自己的胸膛擊了一拳。

心臟剛剛才湧現的戰慄感，又被瞬間擊停，然後，當血液再度回灌到這個人體幫浦時，戰慄感又減少了一半。

「我是混血！」混血嘶吼著，再往胸膛送出一拳！「這些年來，我過著不屬於吸血鬼、也被狼人排斥的卑微生活！只有德古拉願意收留我、肯定我，所以我要報恩，我要完成德古拉老大交付給我的任務！」

最強的證明，是當混血重擊自己胸膛到了第四拳，那面對濃霧中巨大野獸的戰慄感，終於消失了。

同時間，混血也準備好了——

準備擊殺阿努比斯，這樣神級英雄的關鍵時刻。

「關閉視覺。」混血閉上了眼，當視覺全部被濃霧蒙蔽，反而成為戰鬥的阻礙時，那就放棄它。「然後，開啟嗅覺和聽覺。」

嗅覺，這是狼的強項，也是狼群之所以能成為黑暗中每個旅者惡夢的原因。

聽覺，則是蝙蝠的領域，透過超音波的定位，讓蝙蝠可以輕易的馳騁在黑暗岩壁的縫隙，並準確盜取宿主的血液。

而混血，則不多不少，剛好兼具了兩種特質。

當混血放棄了人類最依賴的視覺，反而以嗅覺和聽覺感受這片濃霧時，立刻，抓到了阿努比斯移動的軌跡。

「前方六點鐘，距離四十一公尺。」混血閉著眼，精準掌握阿努比斯在濃霧中的位置。

「移動到四點鐘方向，距離二十八公尺。」

「又移動到十一點鐘方向，距離十四公尺。」

「七點鐘方向，距離……八公尺！」

阿努比斯藉著濃霧掩蔽身形，更用高速忽左忽右的移動，來干擾敵人的判斷，只是，阿努比斯這次卻失算了，因為他沒算到的是，混血體內那兩種野獸，分別能操縱兩種不同的感官。

聽覺與嗅覺的雙重偵測，肯定會讓阿努比斯霧中的所有詭計，都無所遁形！

「八點鐘方向，距離只剩四公尺！阿努比斯，看樣子你要發動最後的突襲了，那……就讓我配合你，施展同樣的最後突襲吧！」混血的臉上，浮現一絲惡意，然後他將所有的力量集中到雙腳與全身肌肉中，他要施展的是……

「絕速俯衝」。

一個結合了吸血鬼速度與狼人怪力的殺手鐧！

同時，這一秒鐘，混血眼前的霧，突然破開了。

破開的縫隙，出現了阿努比斯拿著獵槍的身影，然後，他將獵槍對準了混血。

只不過，阿努比斯的表情卻在瞬間改變了，因為他發現，自己原本預期會看到混血驚慌失措的神色，但，卻沒有如此，完完全全沒有。

取而代之的，是混血等待已久、充滿殺氣的笑容。

「等你好久了，你怎麼那麼慢啊？」混血獰笑。

混血雙腳一蹬，繃緊到極致的全身力量，瞬間釋放，化成宛如二十台，不，五十台的高鐵，以及時速三千以上的能量，朝著阿努比斯衝去。

轟。

伴隨著胸膛的巨響，阿努比斯的獵槍飛出了掌心，然後，這比零點零零零零一秒還短的時間裡，混血開始等待，等待聽到阿努比斯全身上下所有的骨頭、所有的肌腱、所有的結締組織，一起碎裂的聲音。

混血開始等待。

等待，殺死阿努比斯這份榮光，降臨到自己身上的瞬間。

撞上了。

混血以突破自身的力量，撞開層層濃霧，直接撞上準備偷襲的阿努比斯。

那擁有五十台高鐵，時速三千的超爆發能量，化作一次猛烈撞擊，撞上了阿努比斯。

然後，混血在此刻，想起了從出生開始的這段日子，他不是狼人，也不是吸血鬼，而是擁有能融合他人血液的特異魂魄。

然後他被華佗找到，用高價買下他，抑或說，搶下了他。

華佗找來了另一個醫術天才黑傑克，他們要創造一個地獄從未出現過的，狼人與吸血鬼的合體。

狼人與吸血鬼這兩個種族，實力相當，屬性卻完全相反，彷彿各自站立在四大種族的最邊緣兩側，沒有龍的巨大，也沒有殭屍的冷酷，他們是最接近人類的兩個種族。

「這樣不太人道。」黑傑克那僅存的一顆眼珠，注視著混血。「華佗，你確定要這樣幹？」

「要。」華佗冷笑。「我要創造歷史，雖然我比較想對『可視靈波』的那些怪物做實驗，但無奈那些怪物政府都抓不到，也對付不了，所以，我們得想點其他方式創造歷史。」

「喔。」黑傑克雖然外表兇惡，但內心卻比混血想像中更為溫柔。「所以你就要害一個無辜的人？」

「害？錯了吧！黑傑克，這人如果沒有遇到我，只會庸碌的過一生，但遇到了我，他就有機會留名青史，未來若地獄掀起大規模戰鬥，他的獨特戰力，更可能讓他享有榮華富貴，我是在給他機會，懂了嗎？黑傑克。」華佗冷笑。

「是這樣嗎？」黑傑克注視著混血，溫和的說。「嗯，年輕人，也許你會覺得我自私，但華佗是我的上司，所以我得聽他的命令，也許，真的會像他所說的，你會喜歡身上這兩種血緣……也許……」

「對啊，黑傑克，不准你再質疑我了，就讓我的靈藥學和靈針術，配上你的奇異手術刀，一起創造這個歷史吧！」

說完，華佗轉身，去準備他九九八十一根各種粗細、各種長短，還有集合光滑面、螺旋紋，以及雙針頭的「靈針組」。

「嗯。」黑傑克則趁著華佗離開的這短暫空檔，忽然低下頭，在混血的耳邊說了幾句話，這幾句話，讓混血永生難忘……

「小子，若實驗完成，你會極度珍貴，不是因為你是實驗奇蹟，而是因為你同時擁有這兩大種族的血緣，我有預感百年後，地獄會掀起一場大戰，兩大種族可能滅亡，而你是唯一能存續這兩種血緣的珍貴血庫。」

「哼。」混血無法說話，只能用沉重的鼻息，表示自己的憤怒。

「嘿，看樣子你似乎不想當血庫啊，那你肯定會喜歡我說的第二個秘密，我會在你身上放入解開雙重血脈的方法。」黑傑克淡淡的說，「雖然很麻煩，雖然會讓實驗複雜百倍，但我會用我的奇異手術刀完成這些事……」

「啊？」混血心中一喜。「有解開的方法？」

「當然有。」黑傑克看著混血，語氣沉重。「不過，這方法並不簡單，對方的實力至少要能和我的奇異手術刀抗衡……不，可能要更強才行。我知道有個老友項羽能做到，要不然，就是要能夠擊敗項羽的人才行！」

「嗯……」混血聽過項羽，這人是黑榜上的黑桃K啊！竟然要比這人強才行？

「沒關係，至少放在你身上，就是一個機會。」黑傑克一笑，「未來若你離開了這裡，請你保重你的身體，至少要撐過即將來臨的那場大戰，如果那場大戰，讓狼人和吸血鬼都滅族，你的存在會變得非常重要！」

「嗯……」混血聽到這裡，忽然，他聽到華佗走進來的聲音。

「那我們開始吧！」華佗笑了，詭異的笑著。「我迫不及待創造歷史了呢！」

「嗯。」黑傑克再次看了混血一眼，然後他的食指泛起了白光，宛如一柄透明的手術刀。而手術刀的尖端，則出現一個細小的、快速旋轉的螺旋黑點。

「奇異手術刀，每次看，都會讓人著迷。」華佗在一旁說著，「怎麼樣？改天讓我研究一下你的手，保證不會痛，保證實驗的數據都會完整留下？」

「哼。」黑傑克冷哼一聲，食指往前，就這樣朝著混血的身體，割了下去。

隨著奇異手術刀那不痛、卻充滿古怪切割的感覺蔓延到全身，混血也失去了意識。

等到他醒來，手術已經完成了。

混血後來的故事，很簡單，就是他持續接受著華佗如同酷刑般的實驗，就在某一天，在華佗疏於警戒時，黑傑克來了。

黑傑克，快速的鬆開了混血的手銬。

「逃吧。」黑傑克嘆了口氣。「請保重自己的身體，如果可以……去談一場戀愛，這樣會讓你更珍惜自己的生命，更喜愛自己。」

「戀愛……？」混血連想都不敢想。

「也祝福你，遇到一個比項羽還強的人。」黑傑克再次嘆氣。「然後，祈禱他能夠埋解我的用心。」

「嗯。」

「我最後要和你說的是，」黑傑克慢慢的關上了實驗室的白色鐵門，「對不起，請保重。」

請保重。

從此，混血展開了他的逃亡生涯，他不知道黑傑克放走了自己，會不會與華佗發生什麼衝突，但他只知道自己必須逃，因為他不想再回到那可怕的實驗室，承受華佗所謂「不痛」

卻恐怖至極的人體實驗。

只是，在狼人與吸血鬼仍處於對立的年代裡，混血完全找不到自己的依歸，他被吸血鬼唾棄、被狼人當作敵人，於是他只好不斷的逃亡與躲藏……直到，他遇到了另一個與黑傑克相似的人。

站在吸血鬼生態頂點的男人，德古拉伯爵。

「你比項羽還強嗎？」這是混血遇到德古拉所問的第一個問題。

「怎麼這樣問？哈哈，難道你比他還強？」德古拉蒼老的臉龐，露出宛如孩子般的笑容。

「所以你打算來挑戰我？」

「不，我沒有比他強，而且我沒有打算挑戰你，我反而希望……」混血低下頭，眼眶含淚，「你能救我！」

「救你？」

說完，德古拉的手按住混血的胸口，他那黑灰色的靈波，化作點滴的線條，快速在混血體內穿梭，然後當德古拉在混血的身體上收集了足夠的情報後，靈波頓時退回了德古拉的手心。

「你可以救我嗎？」

「事實上，我可以試試。但在那個之前……」德古拉把臉湊近了混血，他的那一雙灰色眼珠，充滿了迷人的魅力，「你想不想了解……」

「了解什麼？」

「你這混血的身軀，所擁有的真正力量。」

「啊？」

「等你體驗了真正的力量，找到了你的尊嚴，我們再來討論，如何解除你身上的雙重血統，怎麼樣？」

「嗯……」

「我記得人類的某個廣告很有趣，說的是一個背部長了東西的小孩，從小被人欺負，但長大卻成為了游泳選手。這廣告的片尾是怎麼說的？啊，**幸福是如何看到你所擁有的。**」德古拉微笑，「你覺得怎麼樣？混血老弟，跟著我，我教你所有的戰鬥技巧，讓你明白自己體質的珍貴？」

就這樣，混血看著德古拉那雙灰色的眼眸，這一瞬間，他發現自己相信了這個老人。

這個強到地獄都會震動的老人，他的每個字、每句話，都讓混血信服了。

也許，他真的可以，真的可以用這樣的體質做一點事，留下一點點重要的回憶。

「那就這樣說定？」德古拉伸出了手。

「是，說定了。」混血也伸出了手，兩人的雙手用力握住。

「歡迎你加入吸血鬼陣營。」德古拉笑。「這個陣營沒什麼特別的準則，準則只有一個，我討厭強權，而那個強權，就是一個來自埃及、老是藏在背後操縱一切的……女神。」

我討厭女神，這就是我這個離經叛道的吸血鬼集團，唯一的準則。

於是，傑森死後，混血收到了德古拉的新命令，開始跟蹤阿努比斯，然後在這條車水馬龍的重要道路上，展開了他生命中難度最高的一場刺殺。

因為他的對手，是阿努比斯。

黑衣飄揚，手提獵槍，操縱濃霧的夜之王，阿努比斯。

但混血這些年累積下來的驚人戰鬥實力，也不容小覷，這讓他在最後一刻，靠著狼人的嗅覺和吸血鬼的聽覺，捕捉到濃霧中的王者，阿努比斯。

然後他啟動了所有的肌肉，同時展現力量與速度，化成密度超高的巨大能量體，直接衝撞阿努比斯。

目的只有一個，就是讓阿努比斯在這裡粉身碎骨，讓如同女神右手的阿努比斯，在這裡徹底斷裂。

只是，最後一刻，混血發現，他錯了。

一切都錯了。

因為，他終究低估了他的對手，低估了阿努比斯的力量。

混血的巨大能量體，的確是撞上了阿努比斯，但阿努比斯居然完全沒有粉碎，他只是膝蓋稍稍蹲下，然後笑了。

「要來硬的嗎？」阿努比斯又笑。「好啊，幾千年沒有這樣玩了哩。」

「喔？」混血眼睛大睜，因為下一秒，阿努比斯竟然自己撞了上來。

阿努比斯的肩膀微微朝前，腳步往下一蹬，不用任何法術，不用追擊的獵槍，就是單純的、簡單的，單挑最擅長撞擊的混血。

「不要，小看我吼！」混血的身體緩緩一蹲，然後再一次使出絕速俯衝。「擁有吸血鬼和狼人雙重血統的我！肉搏是我的強項啊！」

下一秒，「絕速俯衝」硬是正面對上阿努比斯的簡單撞擊。

雙方均微微一晃，隨即，第二次的撞擊又來了。

雙方再晃，緊接著又是第三次撞擊。

混血的絕速俯衝不斷猛力攻擊阿努比斯的肩膀，但阿努比斯則不斷回饋更強的力量。

雙方的肌肉都因為不斷的撞擊，化成波浪往周圍擴散顫動，雙方的骨頭也都因為這一次撞擊，發出了輕微的喀啦聲。

而他們的雙腳，為了分散撞擊的力量，竟一起往下沉去，巨大的反震力，也化成往四周散去的氣旋，一口氣吹散了濃霧，更讓附近所有的窗戶玻璃，同時碎裂。

短短數秒間，他們用肩膀互撞了超過八次，直到第九次，雙方終於停下了。

先停止的是阿努比斯，但，阿努比斯沒有碎，他很完整。

「請保重啊。」阿努比斯停下身子，身體維持著撞擊後的最後姿勢，然後嘴角揚起。碎開的，是混血。

他的骨頭開始一公分一公分慢慢的裂開，連帶的，他的身形也跟著慢慢改變，失去了骨頭支撐，像是果凍般往下癱去。

當混血整個癱軟，他抬起眼睛，看著眼前這個夜之王，阿努比斯。

「你很強，你竟然在我最強的肉搏領域擊敗我，還不用任何的法術……」混血的骨頭已經碎盡，連笑容都擺不出來了。「殺了我吧。」

「不。」意外的，阿努比斯搖了搖頭。

「不？」

「我必須保護你身上的血統。」阿努比斯看著混血，「同時擁有吸血鬼與狼人雙重血統的你，這場戰役後，若是這兩大種族都覆滅了，你身上的血，會變得彌足珍貴。」

「你和黑傑克說的一樣，不過，」混血咬著牙，「我可不是行動血庫！不要為了我身上的血統而憐憫我！」

「不，還有一件事，你應該活著。」阿努比斯淡淡的笑著。「因為，你身上的雙重血統，我可以解除。」

「你……你可以解除？」混血一愣，「那可是要比項羽的奇異一刀等級還要高的術法啊！難道，你比項羽還強？」

「項羽？不過就是一張黑桃K，當年我是曾經敗給他，但現在我拿回了保護女神的力量……」阿努比斯的胡狼臉，露出滿是獠牙的笑，笑得霸氣，笑得令混血不得不信。「牌桌上可以說話的，只剩下Ace了啊！一張K又算什麼？」

「嗯……」這一剎那，混血發現自己的心跳又開始戰慄了。

因為眼前的男人，真的是十足的強。

不是那柄獵槍，不是他背後的女神，而是他自己。

阿努比斯，只有自己就足以爭霸天下了。

「你安心的活下去吧！這也是對你這些年來努力不懈的一個獎賞，等這場戰役結束，留下了狼人與吸血鬼的血緣，我答應你，一定替你解開咒術！」阿努比斯語氣低沉，象徵著無比可靠的承諾。「如果，那時候我還活著的話……」

「你還活著的話……」

「不過，別擔心，」阿努比斯慢慢起身，環伺著周圍，彷彿又感覺到了什麼，「如果我死了，那就表示另外一個人贏了，那個人也能幫你……」

「誰？」

「少年H。」

「啊？」混血一呆，他還沒搞懂阿努比斯為何要提出自己最強的敵人，但阿努比斯已經再度笑了。

「還有，那個第二個刺客，你聽我們聊天，也聽得夠久了吧！」阿努比斯冷冷的笑著。

「怎麼樣？是該出來透透氣了吧！」

第二個刺客，也該你出來透透氣了吧！

這裡，是台北火車站外。

兩個男人，坐在地板上，一邊喝著台灣出品的啤酒，一邊看著電視，他們面前是一堆吃完了的滷味、臭豆腐，只剩下些許湯汁的空塑膠袋。

電視上的畫面，已經約莫二十分鐘沒有任何改變了。

畫面上，是一個衣著簡單但讓人十分舒服的女子，她正坐在椅子上，讀著書。

她低著頭，馬尾輕輕晃著，細細的讀著每一頁。

她讀書的樣子靜謐而高雅，在她的周圍，時間彷彿溫柔的靜止了。

而看著電視的這兩個男人，其中一個穿著藍白拖、T恤，笑容帶著宅男傻氣的男人，開口說話了。

「女神好像換書了。」那男人眼睛瞇起，想要從狹窄的視角中，看清楚那本書的書名。

「這次是什麼？」

「鑄劍師。」另一個男人簡短的說。

「你怎麼知道？」第一個男人訝異，「賽特。」

兩個男人，果然其中一個是賽特，四張A中的梅花牌，更是埃及的黑暗沙漠之神。

「我就是知道。」賽特看了第一個男人一眼。「你以為你認識女神比較久，還是我比較久？土地公。」

「對對對，你守護比較久啦。不過這本書好看嗎？這段時間，女神一直等人在挑戰她，倒是讀了不少書啊。」

「這本書好不好看我是不知道，但它講的是劍的故事。」賽特喝了一口啤酒。「據說是某個拖搞王的夙願之一，那個拖搞王不顧千萬雙追殺故事的眼睛注視，還是固執的把鑄劍師寫完，也算是以生命相搏才完成的作品啦！」

「是喔，那女神還算是挺他，還看他的書。」土地公一笑，「不過我覺得真正神奇的東西，其實不是書。」

「不是書，那是什麼？」

「而是那張椅子。」

「椅子……？」

「這張椅子……」那男人笑著說，「這女神的椅子，從鍾小妹到濕婆，濕婆到獵鬼小組，甚至後來的蒼蠅王，至少被撞壞了四次，為什麼她每次都可以修好呢？」

「原因我知道。」

「什麼原因？」

「因為她是女神。」

「女神，哈哈，這理由很爛，比剛才你說認識她很久還要爛一百倍，哈哈哈哈。」土地公大笑。

「可是，你無法否認，這個理由的正當性。」賽特彷彿被土地公的大笑感染，嚴酷的臉也掛上了淺淺微笑。「因為她是女神，所以她可以呼風喚雨，她可以在一天內號召四十萬大軍，她可以擊敗準備了一千年的蒼蠅王。」

「因為她是女神，所以她擁有無限免費的椅子可以坐？」

「就是這個意思。」

「哈哈哈，酷。」土地公順手往旁邊一抓，地板上是許多不怕死的挑戰者死後噴出來的道具，只見土地公一抓，正好抓到了一本書，上頭寫著《最新道具型錄》。「不過你知道嗎？賽特，那張椅子已經被登錄在型錄上了。」

「喔？」

「一把不論怎麼摧毀，都會再生的椅子，現在也開賣了，有不少玩家搶購呢。」土地公笑，「這地獄遊戲還真是懂得迎合玩家們的願望呢！」

「真是太扯了，這個地獄遊戲，」賽特笑，「這個遊戲到底是什麼東西呢？竟然可以自己進化到這種程度？」

「我不知道。」土地公嘴角仍在笑，但眼神已經透露了濃濃的霸氣。「但我唯一肯定的是……」

「是什麼？」

「地獄遊戲的真相，就快要被解開了。」

「喔。」

「解開的關鍵，就看誰能打開夢幻之門了。」

「嗯。」賽特在這剎那，也笑了，他的眼神與土地公同樣充滿霸氣，那不是千年來眷戀女神的孤單眼神，而是橫掃天下、縱橫古埃及沙漠的梟雄眼神，更是黑榜上 Ace 的眼神。

是啊，地獄遊戲的秘密快被破解了，而且關鍵，似乎就在誰能打開夢幻之門了。

場景，拉回林口。

阿努比斯剛剛擊敗了第一個刺客，一個身上同時擁有吸血鬼與狼人、經歷無比艱苦訓練的男人，混血。

而第二個刺客，已經蠢蠢欲動了。

只是，第二個刺客尚未完全現身，他的攻擊卻先到了。

這樣的攻擊，無形、無體，但充滿了奇異的戰鬥力，一瞬間來到阿努比斯面前時，阿努比斯只是微微皺起了眉，胸口就陷了下去，接著雙腳離地，就這樣被橫向轟飛了數百公尺，直到撞上背後的一台卡車。

在一陣憤怒吵雜的喇叭聲中，卡車橫倒，而阿努比斯也墜地。

「像這樣的攻擊，倒是第一次遇到啊。」阿努比斯摸了摸胸口，是痛覺，無形的攻擊竟然能讓他感到痛？

「當然。」對方終於現身，他的手上，是一根指揮棒。「因為這樣的攻擊，要知音才會懂啊。」

「是啊。」阿努比斯起身，拍了拍身上的灰塵，「沒想到，竟然有人用……『音樂』當武器？」

「呵呵。」對方輕盈的舞動著指揮棒，那宛如舞蹈，又帶著凌厲霸氣的動作，再度在空氣中，凝滯出一顆又一顆無形無體的能量球。「因為我是……貝多芬啊！」

說完，所有的能量球瞬間往前，朝著阿努比斯飛射而去。

「我以為音樂，只是用來放鬆心情的哩。」阿努比斯手掌朝上，下一秒，獵槍現蹤。

只見阿努比斯用力一拍獵槍，然後獵槍槍口微微抖動，十餘枚子彈，瞬間射出。

十餘枚子彈，在淡淡的白霧中捲成一條條細長筆直的線，精準的擊中每顆能量球。

「中。」阿努比斯低語，這份快速掏槍、快速射擊，彈無虛發的功力，是他從地獄列車開始，就引以為傲的能力。

「音樂，有那麼容易被消滅嗎？」拿著指揮棒的貝多芬，冷笑。「音樂，可是人類自遠古以來，最為珍貴的一種寶物，它的存在，遠比火藥還要尊貴且悠久啊！」

「喔？」阿努比斯眉頭微微皺起，因為他赫然發現，子彈，的確是射中了能量球，但卻無聲無息、莫可奈何的穿了過去。

能量球還在前進。

直到，來到阿努比斯的面前。

「子彈擋不住音樂？這倒是有趣啊。」阿努比斯在被這數十顆能量球轟中的瞬間，露出了霸氣的笑容。

然後，能量球猛然炸開，將濃霧中的阿努比斯炸到不見蹤影了。

當阿努比斯遇襲的同時，不少人都發現了這個區塊的異動。

第一個，是正在台北火車站中，靜謐讀書，即將君臨天下的絕對強者，女神。

她翻動書頁的纖細手指微微一停，似乎感受到阿努比斯被瘋狂的音樂能量球擊中時，那瞬間削弱的氣息。

「一個音樂人，是不可能殺死你的。」女神又翻了一頁，側著頭，細細讀著書頁上的文字。「但，音樂的潛力強大，變化無窮，尤其雙人合奏的力量更是數倍以上，你可別陰溝裡翻船了啊，阿努比斯。」

另一個正在觀察阿努比斯戰局、且做出反應的，是一群令人意外的人，他們是天使團。

如今，天使團已經派出了娜娜與少年H一組，比爾偕同貓女，二十三號與狼人T，還有小桃與吸血鬼女，仍在本部的，僅有三個人。

他們分別是人稱老爹的錢爸、一直在趕稿但老是永遠被追稿的小五；還有掛著耳機，一邊聽著音樂，一邊練習舞步的麥可。

「麥可，」忽然，正在操縱電腦的錢爸抬起了頭，「剛剛從超級電腦發出的訊息，阿努比斯正被連番偷襲。」

「嗯，地獄之中果然各方勢力盤據。」麥可點頭。「所以，老爹，你的意思是？」

「第一個刺客不錯，擁有驚人的肉搏力量，可惜不是阿努比斯的對手；第二個刺客更強一些，但恐怕也傷不了阿努比斯。」

「嗯。」

「但，第二個刺客，你也許會有興趣。」錢爸將電腦螢幕轉向了麥可。

螢幕上，剛好是貝多芬用指揮棒，召喚出數十顆驚人的音樂能量球，連番轟炸阿努比斯的畫面。

麥可目不轉睛的看著螢幕，許久許久都沒說話。

「感覺怎麼樣？」錢爸看著麥可。

「會贏。」麥可聽到自己的聲音乾啞。

「誰會贏？」錢爸問，「是貝多芬還是阿努比斯？」

「都不是。」

「都不是？」

「是『我們』會贏。」麥可的拳頭，握緊了。「我和貝多芬合作，會贏這頭臭胡狼。」

「呵，和我想的一樣。」錢爸微笑了。「你們兩個都是劃時代的音樂巨擘，如果合作，肯定能展現超驚人的實力。」

「是。」麥可的嘴角揚起。「雖然我們的音樂類型天差地遠，但都同時逼近了頂峰，一個是流行樂，一個是古典樂，我的確不知道我們合作後，會發揮多大的實力？」

「阿努比斯是一個正直的好人，但現在的局勢危險，我們必須幫助我們的盟友少年H。」

錢爸看著麥可。「所以你去吧。」

「嗯。」

「去把阿努比斯，這隻女神的右手給收拾掉吧！」

第三處，這個人也因為阿努比斯的戰鬥而停下了腳步，她是來自古埃及的正義之神，瑪特。

瑪特身穿著上班族 OL 的套裝，臉上戴著無框眼鏡，頭髮梳成俐落髮髻，一整個知性且強悍美女的打扮。

而她身旁的女子，身材高挑宛如名模，身穿火辣貂皮大衣，正是和瑪特一組的母獅王，姆特。

「你慘了，阿努比斯。」突然，瑪特自言自語起來。

「瑪特，妳剛剛說什麼？」一旁的母獅神忍不住問。

「沒事。」瑪特笑了，高深且詭異的笑了。「我是突然想到一種狀況，這種狀況一旦發生，我們親愛的阿努比斯，可能就有點難過了。」

「聽不懂……」母獅神搖頭。

「阿努比斯，你的動作可要快一點，對方可是有兩個頂級的音樂人啊，這兩個人雖然互不相識，而且在不同陣營，但若是有了相同目標，又發現了彼此的特質，你……可是沒有九條命的喔！」

「兩個頂級的音樂人？」

「如果是我，就會快一點。」瑪特一副幸災樂禍的模樣。「先殺掉一個，免得第二個發現啊！」

「嗯……」母獅神發現自己的確聽不懂瑪特在說什麼，但她也不是很在意，因為自從她追隨瑪特開始，她就知道瑪特多數的話都讓她聽不懂……

但是聽不懂沒關係，那是因為瑪特實在太聰明了，她的思考深度與廣度早就超越母獅神了，通常，只要相信瑪特，她總能算無遺策，不只精準，而且不費多餘的力氣，就能達到目標。

在母獅神的記憶中，瑪特不曾計算錯誤過，不曾。

不過這一瞬間，母獅神腦海卻閃過一個奇怪的想法，如果瑪特算錯呢？那又會發生什麼事？

母獅神的奇怪想法只是瞬間而已，但另一頭，那車水馬龍、林口的重要道路上，阿努比斯的戰鬥，卻已如瑪特所言，開始加速了。

阿努比斯的速度，猛然加快了。

當能量球急速衝向阿努比斯時，這一瞬間，阿努比斯只看到數十顆蜂擁而來的能量球，在自己面前炸開。

能量強大，但又伴隨著悅耳優雅的，音樂。

音樂，給了阿努比斯耳朵極致的享受，但也給了阿努比斯身體巨大的破壞。

兩種極端的感受，讓阿努比斯瞬間錯亂了，但幸好，他是阿努比斯，他是身經百戰、多次經歷生死的戰士，阿努比斯。

在這生死剎那，他往下開了一槍。

這一槍，用足了火藥，乍看之下，只是毫無意義的把地面轟出一個洞而已，事實上，阿努比斯則拿到了他所需的，那就是來自高能量火藥炸開後，驚人的後座力。

強大的後座力在瞬間發揮了作用，將阿努比斯送離了地面，更在驚險的一瞬間，衝出了能量球爆炸的範圍。

火藥炸開與能量球的相互衝擊，加上濃霧干擾，頓時將所有人的視線都掩蓋了。

所有的人都以為，阿努比斯沒能逃出這次的攻擊，他就算不死，也會變得傷痕累累，甚至是支離破碎，卻沒有人注意到，天空的方向。

深夜的天空，一個小黑點，在空中微微一頓之後，開始加速下降。

帶著凜冽殺氣，急速的下降。

黑點要反擊了，阿努比斯的反擊，即將要開始了。

「喔？」貝多芬彷彿感受到了殺氣，猛然抬頭，他看見了黑點。

而且黑點正在急速放大。

「阿努比斯！剛剛完全沒有受傷嗎？」貝多芬急忙揮動指揮棒，隨著指揮棒尖端在空中畫出各式優雅的線條，又是一顆一顆能量球形成。

只是這次，能量球尚未形成，阿努比斯就來了，來得好快！

轟。

貝多芬的身軀整個被撞起，彈上了天空，然後阿努比斯微微一頓，右手五指在空中凝成一個宛如實心鐵球的拳頭。

這顆實心鐵球，追上了正彈飛而起的貝多芬，接著，開始落下，如雨點般瘋狂的落下。

轟轟轟轟轟轟。

這些拳頭把貝多芬整個身體打成一條爛抹布，強大而綿密的亂轟，更讓貝多芬彈飛的方向驟變，由上往下墜落，筆直的撞入了地面，在地上震出了一個大洞。

只是，就算貝多芬已經墜地，阿努比斯卻仍不停止，他直接掏出獵槍，然後開始朝著地面上的大洞猛轟。

噠！噠！噠！噠！噠！噠！數十枚子彈，飛行的氣勢卻宛如小型飛彈，在空中畫出十餘條盤桓的曲線，每條曲線的弧度雖不同，但準確度卻都無可挑剔，全部射入了地面的大洞中。

子彈射入洞中，安靜了一秒，然後，大地猛然震動。

這些子彈搭載了驚人的殺人火藥，那些火藥就是由阿努比斯豐沛的靈力所構成，一旦碰到了目標，立刻毫不留情的開始執行它們的任務，執行它們來到世間的唯一的理由，就是毀滅。

巨大的能量在地底炸開，就算貝多芬再強，如果正面碰觸這股能量，也絕對是死路一條。

但此刻，阿努比斯卻沒打算停止他的攻擊，只見他再度射出了數十枚子彈，這些子彈攜帶著更驚人的火藥量，而令人驚奇的是，阿努比斯這次不再只是在遠方發射，只見他輕輕一縱，腳尖，竟然精準的踩在其中一枚子彈上。

於是，阿努比斯就這樣在數十枚子彈的護送下，一起高速衝入了地底的大洞中。

好殺，此刻的阿努比斯真的好殺，不單是憤怒而已，更像是趕時間，趕著要在另一種可怕的「可能性」降臨前，將貝多芬徹底的殲滅。

只是，阿努比斯沒有衝入地底，因為地底內，一個猛烈的力量反擊了回來。

那力量不是別的，正是阿努比斯萬分顧忌、子彈完全無法攔截的「音樂」。雄壯，威武，宛如海洋般的交響樂，從洞口暴湧而出，朝著阿努比斯衝來。而且這次的形態，不再是能量球而已，而是海浪。完全不給敵人任何空間的，瘋狂音浪。

這股無形的音浪之強，強到第二波的子彈一碰到這無形音浪，竟然開始消蝕、衰弱，有的在半路已經軟弱無力的歪斜，有的更完全被海浪吃掉，徹底消失了蹤影。

阿努比斯腳尖踩在子彈上，他必須正面迎擊這片壯大的音浪，只見，他嘴角揚起一個絲毫不懼的笑。

因為他眼前隱約出現了貝多芬靈力的真面目，在那優雅舞動的指揮棒之後，竟然有一整組的交響樂團。

大提琴、小提琴、鋼琴所組成的超豪華交響樂團，隨著貝多芬的指揮棒，彈奏出一曲又一曲充滿了能量、亙古流長的動人樂章。

「要打出這樣的音浪，又召喚出一整組樂團，這應該是你最後的絕招了吧？」阿努比斯腳尖踩在子彈上，順著一波又一波的音浪，竟然宛如衝浪般，固執且瀟灑的挺進著。「那，我們就直接在這裡分出勝負吧！」

貝多芬的這招，的確是大絕招了。

因為剛剛面對阿努比斯瘋狂且高速的猛攻，他雖然逃過一死，但光是防禦就耗盡了所有的靈力，他知道，再這樣下去，自己可能連攻擊的機會都沒有，就會被阿努比斯輕鬆解決。

所以他只能選擇不顧一切的攻擊，而他知道，能傷到阿努比斯的招數，恐怕只有這個絕招了。

畢竟，他還沒有參透奧菲斯所說過的「極致樂章」究竟是什麼，他只能盡己所能的使出絕招，來抵抗眼前這死神阿努比斯的猛烈攻擊！

阿努比斯真的太強了，強到他不得不現在就打出自己全部的力量，否則，他就會輸。

「命運交響曲！」貝多芬的指揮棒，在這一剎那揮舞到了極限，融合了音樂節奏與自我力道，化成簡明而殘酷的四個音符，然後透過上百個樂器的交融與合奏，形成一種絕對的力量，一種吞噬天地的音浪，朝著阿努比斯猛撲而來。

阿努比斯見到如此威勢，沒想到連自己的物理攻擊都無法破壞音樂的能量，但是，他卻仍然在笑。

因為，這真是有一點點刺激啊！能讓強到如此的他，感到稍微有一點刺激的東西，都會讓他忍不住想要微笑。

更何況，他肯定這是貝多芬的最強絕招了，這麼快就逼出了貝多芬的絕招，代表這場戰鬥，將很快的落幕。

這樣，來自內心那不安的預感，應該就不會發生了吧！

不會發生了吧……

命運交響曲，在貝多芬九大交響曲中排行第五，其排行的順序，是按照貝多芬生平的創作順序所排行。

九大交響曲皆是流傳至今的偉大作品，其中更以第三首「英雄」的氣勢磅礴，第五首「命運」四個音符的簡潔卻充滿力量，以及頌讚上帝的第九首，擁有最高的評價。

如今，貝多芬正盡情揮舞著他的指揮棒，以他的靈力為基礎形成的那個交響樂團，演奏的正是第五交響曲，命運。

命運來敲門，這沉重但恐怖的力量，化成一大片洶湧的音浪，朝著空中的阿努比斯撲來。

只是數秒鐘，阿努比斯那數十枚載滿靈力火藥的子彈，就這樣被音浪沖蝕殆盡。

空中，只剩下阿努比斯。

但，他偏偏就是最棘手的一個。

只見他腳尖踩在小小的一枚子彈上左右擺動，竟在這翻湧的音浪之中，開始衝起浪來。

順著浪流，忽高忽低，精采而優美的，不斷前進。

「好厲害。」貝多芬再咬牙，他的齒縫已經泛血，但他的指揮棒卻再次加速。

巨大靈力灌注，海浪的氣勢再變，剛剛只是一波又一波洶湧的音浪，如今居然有一道音浪正不斷的往上拔高，拔高，拔高……

「這是海嘯嗎？」阿努比斯透過腳力、腰力，以及驚人的平衡感，腳踩子彈，在音浪上滑行著。

「沒錯！就是音浪海嘯！」貝多芬怒吼，右手指揮棒用力往下一揮，然後下一秒，所有的交響樂團員同時將樂器拉到極限，而阿努比斯仰望的這個巨大海嘯，也在這一秒，轟然一聲……崩塌了下來！

「很酷。」阿努比斯仰著頭，看著這個至少三十層高的巨大音樂能量海嘯，他嘴角依然在笑。

這樣的戰鬥，實在過癮。

實在過癮啊！

「出來！」只見阿努比斯再次掏出獵槍，然後單手一振槍管，原本在彈匣裡面的子彈，紛紛落下。

「你忘記了嗎？你的物理性攻擊，包含火藥或拳頭，都無法干擾音樂的能量。」貝多芬已經從地洞中升起，他手拿指揮棒，雖然傷痕累累、衣衫破碎，但仍然掩不住此刻他指揮著音樂海嘯的驚人氣勢。「你又拿出獵槍來幹嘛？」

「對，因為我剛剛才明白一件事。」阿努比斯將子彈重新填入了獵槍之中。「那就是，我的確無法干擾音樂。」

「所以？」貝多芬皺眉。

「只有聲音能干擾聲音。」阿努比斯大笑間，手中的獵槍也已經上膛完畢。「所以這次我要發射的，是爆音彈。」

然後，就在下一瞬間，海嘯崩塌，將阿努比斯以及他所謂的爆音彈，一口氣給掩蓋了過去。

「那個刺客二號，貝多芬贏了嗎？」母獅王問。

「還早。」瑪特優雅的走著，但事實上，她已經追上了吸血鬼女的足跡，看似優雅的步伐，藏著精準無比的追蹤路線。「因為，他是阿努比斯。」

因為，他是阿努比斯。

另一頭，一台計程車，正在由台北到林口的高速公路上全速急駛著。

但，這台高速的計程車，卻在一個收費站不遠處被迫停住了，因為收費站前面，是一條正在排隊的長長車龍。

「塞車了？」坐在後座的乘客，戴著墨鏡，掛著耳機，語氣緊張。「糟糕，我趕時間欸。」

「是啊。」運將說，「客人啊，你是外國人吧？看不出來是黑人還是白人？算了，你知道台灣這個收費站超會塞的。」

「為什麼？」那客人問。「那為什麼旁邊的車道沒有塞住？啊，上面有寫 ETC，那是什麼意思？」

「那個叫做電子收費車道，就是不用回數票的啦。」

「那為什麼不走那個車道？」

「客人，你果然是外國來的，你知道台灣的這個 ETC 車道明明爛得要命，卻是官商勾結打造出來的，因為不方便，所以使用率太低，原本廠商要賠錢的，但政府竟然協助廠商亂搞，把回數票的車道故意弄少，逼大家用 ETC 車道，所以這就是我們塞車的原因……」

「太壞了吧台灣政府？」

「也不是壞，只是腦袋有點殘。」運將嘆氣，「而我因為不肯和惡勢力妥協，所以堅持不辦 ETC，現在只好慢一點了。客人，請多擔待啊。」

「我能理解，原來你也是一個真性情的漢子。」那客人笑了。「那就走回數票車道沒關係！」

「客人果然是我輩中人！」運將操著濃厚的台語口音，豎起了拇指，「不過，客人你什麼事情趕時間呢？」

「如果，我慢了一步，有個在林口的人，可能會被獵槍給殺死……」

「這麼危險？」

「但比起與邪惡廠商和愚蠢政府妥協，我的危險還好！」那客人點頭。「你的可是國安等級的危險！」

「果然是漢子，我交了你這個朋友！」那運將露出讚賞的笑容。「請問貴姓？」

「我姓傑克森，」客人說，「叫做麥可。」

「這名字好熟。」

「是嗎？菜市場名吧！」客人微微一笑，說完，眼睛凝視著窗外。

他有種奇怪的感覺，那就是，貝多芬可能撐不住了，因為阿努比斯太強了，除非……還有人能從遠處提供協助！

而那個能夠提供協助的人，肯定是一個足以和阿努比斯抗衡，聰明絕頂的人吧！

另一頭，也是林口。

有兩個人正低著頭，挖著廢墟的石塊，忽然，其中的那個少年笑了，「啊，挖到了！」

「挖到了嗎？」另一個人是名女子，她湊近一看，土裡出現了一張滿是鬍碴與塵土的豪氣臉龐。

而隨著臉上的鼻孔收縮擴開，一聲聲如悶雷般的鼾聲，從鼻孔深處傳了出來。

「對啊，還睡到打鼾？」少年站起身，用衣袖抹了抹額頭的汗水，微笑，「真不愧是我的老友……狼人T啊！」

「呵呵，就是這樣粗線條，才能一路打到現在，不是嗎？」女子也微笑。「少年H。」

「是啊。」少年H笑著。「娜娜，我們應該慶幸，有這位就算少了心臟，也可以活上一段時間的老友啊。」

「呵！是啊！」娜娜說。

「現在，剛好是要搗蛋的時刻了！」少年H突然露出淘氣的笑容。

「嗯？」娜娜看見少年H往懷裡掏了掏，竟然掏出了剛剛眼鏡猴的那個「危險的遺物」，

「少年H，你要幹嘛?你幹嘛拿出靈核彈?」

「我說過我要搗蛋啊。」少年H咧嘴一笑，單腳抬起，擺出了一個橄欖選手中，四分衛丟球的姿勢。

「我還是聽不懂。」

「簡單來說，我就是要幫助兩個音樂人合作，」少年H笑著說，「順便整一整我的老友！」

說完，少年H手一甩，手上那枚藍色的靈核彈便從他的掌心飛出，然後越來越小，最後消失在夜空之中……

只留下滿臉愕然的娜娜。「啊？這樣丟，如果掉到人很多的地方怎麼辦？」

「放心，我丟的地方，『他』在。」少年H微笑，「而他，和我一樣不希望地獄遊戲受到傷害，所以他會壓抑這枚靈核彈，就像我一樣。」

「他？天師，靈核彈非同小可，對方也壓得住？」

「當然，」少年H微微一笑，雙目注視著天空，「如果我可以，那他，一定也可以的！」

娜娜注視著少年H，忽然間，她竟然有點羨慕少年H口中的「他」，能得到少年H如此百分之百的肯定與信任，對方一定也是一個了不起的人。

而如今在地獄遊戲之中，這樣的人，似乎也就那麼一個……

林口的另外一方。

海嘯崩塌，貝多芬的指揮棒停了，他仰著頭，閉著眼，時間恍如凝滯。

他彷佛感覺到掌聲與歡呼聲，如浪潮般朝他湧來，因為他剛剛指揮出了生命中的一場傑作，那沉重而充滿力量的命運之曲，就這樣埋葬了如此強悍的敵人。

他閉著眼，維持著最後收尾的姿勢，捨不得睜開，因為突破自己音樂境界的感覺，真的太美妙了。

太美妙了。

美妙……

只是，卻也在這時候，他耳朵傳來了一個聲音。

咖碰嘎嚕滋嘎嘎……

貝多芬眉頭微微一皺，這聲音打哪來的啊，怎麼這麼吵？

咖碰嘎嚕嘟滋轟嘎嘎咖碰轟嘎嘎滋嚕滋嘎嘎轟……

貝多芬再度皺眉，雖然現在的演奏已經結束了，但這可是剛演奏完世界名曲的場地啊，這場地可是剛剛締造了前所未有的紀錄啊！

咖碰嘎嚕嘟滋轟嘎嘎咖碰轟嘎嘎滋嚕滋嘎嘎轟咖碰嘎嚕嘟滋轟嘎嘎咖碰轟嘎嘎滋嚕滋嘎嘎轟咖碰嘎嚕嘟滋轟嘎嘎咖碰轟嘎嘎滋嚕滋嘎嘎轟咖碰嘎嚕嘟滋轟嘎嘎咖碰轟嘎嘎滋嚕滋嘎嘎轟……

這聲音，令貝多芬十分生氣！就像是當國家音樂廳在演奏交響樂的時候，天花板正好有人在用電鑽修房子一樣！

這是污辱！這是對音樂極大的污辱！對表演者極大的污辱！

「是誰！」貝多芬決定睜開眼睛，暫時告別他正在享受的虛擬掌聲，「給老子出來！」

但，就在貝多芬睜開眼睛的那一剎那，他嘴巴大張，瞳孔放大，只差沒有讓口水隨著他的訝異噴了出來！

因為，他看見了一個宛如五十元銅板大小的黑色圓圈，停在他的正前方。

順著這黑色圓圈往後看，可以看到黑亮的長管，長管上佈滿了細細的火藥紋路，繼續往後看去，則會看到一把咖啡色槍柄，還有一隻握住槍柄的大手。

再順著大手往上看，貝多芬苦笑了，無奈的苦笑了。

「你究竟是怎麼躲過我音樂攻擊的？」貝多芬苦笑，「……阿努比斯。」

阿努比斯，果然是阿努比斯，果然是單手持獵槍、被少年H喻為最強宿敵的夜之王，阿努比斯。

「音樂這樣的攻擊相當奇妙，」阿努比斯的槍管對著貝多芬，「物理攻擊與靈術攻擊都無法直接碰觸到音樂，這樣的攻擊方式讓我吃足了苦頭，所以，要對付音樂只有一種方法……那就是，同樣也用音樂！」

「哼，所以呢？」

「所以我用爆音彈，製造了噪音！」阿努比斯搖了搖槍管，笑了。「噪音阻隔了音樂海嘯，更在我身體外圍形成保護球，讓我順利逃脫，音樂的事，果然還是要用音樂解決，對吧？」

「音樂？那種噪音不是音樂！」貝多芬怒吼，「別把那種垃圾和可以浸透人心、可以永世流傳的音樂相提並論！」

「很抱歉，我就是俗人。」阿努比斯將獵槍對準了貝多芬，表情堅毅。「我知道音樂世界奧妙寬闊，但現在是我這個俗人獲勝，這就是現實，抱歉。」

抱歉。

然後，阿努比斯的手指扣了下去。

這秒鐘，貝多芬眼睛睜大，他感到遺憾和驚訝。遺憾的是，到魂飛魄散的此刻，他仍無法體驗到奧菲斯曾經演奏過的死神之曲，而驚訝的……則是因為他發現了，阿努比斯的後方，有個奇怪的東西正在靠近。黑黑的、圓圓的，像一顆被四分衛從球場另一端踢過來的橄欖球。

橄欖球正散發著幽幽藍光。

「那是什麼？」貝多芬疑惑。

就在下一秒，答案揭曉！

下一秒，同時也是貝多芬領悟到，眼前這個不懂音樂的「俗人」實力究竟有多強的時刻。

那顆在空中旋轉的橄欖球，從幽幽的藍光，瞬間轉化成了白光。

然後這團白光，猛然往外擴張出去！

「這是什麼？」阿努比斯陡然回頭，看見這顆飽含了毀滅性能量的怪球，正快速擴張。

「這東西？可以毀滅整個城市啊！」

然後，基於直覺，也迫於無奈，阿努比斯把手上的獵槍從貝多芬的腦門移開，緊急轉身。

緊接著，獵槍在阿努比斯的掌心快速變化，原本的槍柄突然膨大，槍管處則拉長，然後扁平化，等到阿努比斯轉過身，獵槍已經變化完成。

那是一個尾巴很大、頭部扁平的電器。

「我猜得到，是你在搗蛋吧！」阿努比斯眼神中，沒有半點怒意，反而帶著一種難以言喻的興奮。「少年H！」

白光還在膨脹，以接近光速的速度膨脹，已經大到和一棟高樓差不多了。

但，膨脹的速度卻陡然減低，然後開始縮小。

縮小的原因，是阿努比斯手上那個奇怪的東西，因為當他按下了開關，那尾巴大頭部扁平的電器，便發出了低沉的引擎聲，然後開始猛吸起了白光！

白光炸開的速度以接近光速前進，但阿努比斯的獵槍頭卻更瘋狂，竟然以同等速度將白光吸入肚子裡，不，事實上，獵槍吸取的速度更快，快過了白光接近光速的膨脹！

一柄獵槍為何能吸取能量？因為它已經變化成了另一種截然不同的電器……

「吸……吸塵器？」一旁的貝多芬驚訝得嘴巴大張。「那獵槍，變化形態竟然這麼寬廣？而且，這炸彈的能量之強，是我生平罕見，難道……阿努比斯要硬把所有的能量全部吸乾淨嗎？」

獵槍化成的吸塵器不斷顫動，尾端則不斷鼓脹起來，最後像是吃飽了的大黃蜂，搖著快要脹破的肚皮。

「少年H啊，」阿努比斯雙手抓著吸塵器，露出胡狼滿是獠牙的笑，「你一定破解過靈核彈，現在換我了！」

吸塵器開始抖動，因為靈核彈的能量極度龐大，它已經有些吃力了，在陽世，這可是曾經改變一場世界大戰的終極武器，曾經毀滅兩座城市，曾經讓數萬人瞬間灰飛煙滅的死亡傳奇。

「全部，給我吃進來啊！」阿努比斯一聲怒吼，最後掙扎的白光，抖動了兩下，咻的一聲，被吸入了吸塵器中。

然後吸塵器那肥大的肚皮，也跟著抖動了兩下。

這兩下，像是某種驚人武器的引爆，但威力已經完全被阿努比斯給壓制住，只有這一瞬間的燦爛，隨即回歸了沉寂。

而阿努比斯手心一轉，那吸塵器就跟著轉了一大圈，當轉回來時，已經恢復成原本獵槍的形態。

「好了。」阿努比斯微笑，面對著貝多芬，但說話的對象，卻似乎不是貝多芬。「看樣子，少年H的目的應該達到了，對吧？你趕上了。」

你趕上了？

阿努比斯肯定不是在對貝多芬說話，那他，是在和誰說話？

他背後，一台老舊泛黃的計程車，門開了，一隻穿著男靴的腳跨了下來。

「是啊，趕上了。」那男靴的主角，擺了一個帥氣的姿勢。「阿努比斯，久仰大名了，我是天使團的麥可……」

「我知道你是誰。」阿努比斯沒有轉頭，只是用手輕輕拍著獵槍。「麥可傑克森，被喻為當今最偉大的音樂人之一。」

「喔？」麥可嘴角牽動了一下，「能被阿努比斯認識，是我的榮幸。」

「而貝多芬，則被喻為一世紀前最偉大的音樂人之一。」

「嗯？」貝多芬收拾剛剛差點喪命的心情，輕點了一下指揮棒，算是回答阿努比斯的話。

「少年H啊，少年H。」阿努比斯再次拍擊獵槍，數枚空彈殼從槍膛落下。「這筆帳，就等我殺敗這兩個傢伙之後，再和你算吧。」

一旁，剛剛被阿努比斯直接以肉體打爆的男子，混血，像是感受到了什麼，睜開了眼睛。

他看到了三個人。

一個是埃及遠古的冥神，兩個是跨世紀最傑出的音樂者，忽然，混血有種捨不得閉上眼睛的預感。

他想看，他好想繼續看下去。

想看這場人與神，高雅與粗獷，音樂與獵槍的玄奇戰鬥，究竟會精采到什麼程度?究竟會，精采到什麼程度啊！

第三章　赤色白鷹

另外，在幾個主要的戰役點之外，有一場境外之戰，正激烈的進行著。

這戰役，稱不上精采，因為這是一場標準的恃強凌弱、以大欺小的對決。

這裡是暗巷，四處散落著已然褪色的彩色羽毛，羽毛之中，還混雜著點點的鮮血，表示羽毛的主人，正被某隻更強大的野獸，凌虐追殺著。

若將鏡頭追著羽毛不斷高速前進，穿過狹長隱蔽的暗巷，穿過老舊的磚瓦牆面，穿過一個又一個充滿歷史的角落，就會發現，這裡蹲踞著一隻強大的野獸。

而且，緊接著會注意到，這隻野獸不只是強大而已，牠還很美。

白銀色澤的羽毛，鋒利且弧度完美的喙，筆挺傲人的姿態，牠是一隻白鷹。

來自古老埃及的戰鷹，荷魯斯。

「孔雀王啊，」荷魯斯的雙爪，緊緊攫著牆面，一雙銳利鷹眼，正注視著光影交錯的暗巷，「你以為躲進巷子裡面，可以避開我白鷹的追殺?你錯了，你只是拖延你死亡的時間而已啊！」

孔雀王?是的，荷魯斯追殺的對象，則是代表另一個古老國度的神鳥，孔雀。

但從孔雀彩色的羽毛染血，正狼狽不斷逃竄的情況看來，這兩隻神鳥、兩個古老國度的對決，分出勝負似乎只是遲早的事情了。

鏡頭繼續追著染血的羽毛，向前走去，在某個暗巷中，一個孔雀頭但人身的男人，正躺在角落，不斷的喘氣。

而那男子的身邊，是一個外表清秀、小家碧玉的女子。

「鍾小妹，怎麼辦？」孔雀王不斷的喘氣，身上的羽毛已經脫落得剩下不到一半，「這個來自埃及的臭鷹，實在很棘手，以我現在的狀況，大概不是他的對手。」

「我知道。」鍾小妹皺眉，她緊握著手上的靈毛筆，筆上也滿是激戰後的傷痕。「這隻老鷹真的有實力，就算我們沒有被女神擊傷，恐怕也不是他的對手。」

「所以，該怎麼辦？」

「我正在想。」鍾小妹向來以機敏的腦袋著稱，她一路上觀察白鷹的攻擊方式，拚命的想要找出逆轉戰局的方式，可惜，以她的高絕智商，卻仍找不出對應的方法。

「妳不用想了，」孔雀王搖了搖頭，「事實上，我已經想好了。」

「你想好了？」

「對，等一下，我會和這隻臭鳥硬拚，然後，妳就趁隙逃走！」孔雀王咬著牙。

「這是什麼鳥辦法？」鍾小妹皺眉，「你去犧牲？你以為你現在能擋住他幾秒？之前我們是靠著我想出來的暗巷戰術，想辦法將戰線拉長，現在你還要去硬拚？」

「鳥辦法？鳥辦法？我本來就是鳥，想出來的當然就是鳥辦法！」孔雀王說到這，忍不住得意的笑了。「我真是一個語文天才，也許可以去寫小說。』

「不准嘴硬。」鍾小妹雙手扠腰，「還有，不准嘻皮笑臉！」

「好啦好啦。」孔雀王吐了吐舌頭，「命懸一線，苦中作樂一下嘛。」

「面對強敵，我們又受了傷，只能靠戰術取勝！一開始原本以為他是高空翱翔的鷹，所以一定不適合巷戰，沒想到這隻老鷹底子這麼硬，多窄的巷子都硬鑽進來，還靠著他的雙爪抓住牆壁，把牆壁當成平地在跑。」鍾小妹昂著頭，觀察著暗巷外頭，「不過，至少我們爭取了不少時間。」

「可是，我的爆炸對他一點用都沒有……」孔雀王摸了摸自己的身體，身上羽毛的數目，基本上就等同於他剩餘的靈力數，但這一路逃竄下來，他的羽毛剩不到三成，換句話說，此刻的孔雀王已經油盡燈枯了。

「我有觀察到，因為這頭白鷹的力量，剛好和你相反。」鍾小妹說，「你的爆炸，似乎是瞬間將分子的撞擊速度加速，製造出爆炸的效果。」

「分子的撞擊速度？好難的概念，那白鷹呢？」

「白鷹就是……」鍾小妹正要繼續說，忽然，她感到一陣涼風，輕輕的拂過了她的臉頰。

然後，她看見了，暗巷的上頭，那頭白鷹銳利英挺的鳥喙，彎出一個猙獰的笑。

「又逮到你們啦！」

「爆炸！」孔雀王嘶吼，手一揮，數十根羽毛從手臂揮出，七彩燦爛的羽毛，飛行的路程中陡然新增了明亮的紅色，那是火焰的顏色，直射向白鷹。

「沒用的，孔雀王！」鍾小妹大叫，同時間，所有羽毛上的明亮紅色，竟然在這一瞬間，黯淡了下來。

美麗的羽毛外，更多了一片朦朧、閃亮的透明固體。

「你的力量，是讓分子速度剎那提升，也就是所謂的爆炸！」鍾小妹拉起了孔雀王，就準備逃命。「而那隻白鷹，則可以讓分子的速度剎那下降，讓它回到寧靜，也就是所謂的冰點！」

只見數十根被白冰封住的羽毛，擊中了白鷹，卻是一點殺傷力都沒有，反而匡啷、匡啷幾聲往下掉，變成了碎碎的冰屑。

「這就是白鷹的能力，凍化物質，換句話說，他能讓分子的速度驟減，宛如結凍。」鍾小妹低語。

眼前，白鷹的喙打開了，開始發出尖啼，而他的爪尖，一顆冰藍色的球，正不斷滾動成形。

「又是冰球？」孔雀王低嚎。「那東西砸下來，真的超痛的。」

「與其擔心痛，不如先想想怎麼離開這裡吧？」鍾小妹吸了一口氣，手腕一個宛如跳舞的姿態，一根靈筆，在她的手心現身。

然後，靈筆顫動，筆尖寫出了一個「刃」字。

「這次，不會再讓你們逃了啊！」白鷹怒吼，翅膀一震，五爪夾著凌厲的冰藍之氣，朝著孔雀王與鍾小妹猛撲而來。

只是，白鷹的爪子還沒抓到鍾小妹兩人，已經先碰上了刃字。

刃乃是刀上一點，那一點代表的是鋒利絕倫，此字一出，頓時割破了白鷹爪上的冰藍之氣。

只是白鷹靈力驚人，這招刃，當然傷不了他。

但，已經足以稍微拖延零點一秒，就僅僅零點一秒，也同樣足夠，讓鍾小妹寫下第二個字。

「遁」。

遁，講的是中國古老的奇門遁甲，藉由虛實玄幻的陣法，迷惑敵人的五感，藉此讓施術者能順利逃跑。

此字一出，白鷹荷魯斯眼前的景物突然全數錯亂，原本的街道變成了天空，原本的天空被切成了數百個碎片，而一旁的磚瓦紛飛，宛如掉入一個空幻玄奇的世界。

「中國的東西，果然有點料。」白鷹冷笑，「但，我埃及的歲數可是不輸給你啊！」

埃及，出招。

下一秒，白鷹的強爪一伸，五根銳利絕倫的爪子，化成五道白光，直接灌入眼前的陣法中。

當白鷹的爪子抽回來時，眼前的陣法消散，鍾小妹與孔雀王早已失去了蹤跡。

但，在鷹爪的中間，卻握住了一項物體。

那是一支筆，竟是鍾小妹最倚賴的靈筆。

「中國女孩啊中國女孩，」白鷹爪子一用力，那支毛筆的筆桿爆出了裂痕，隨著裂痕越來越大，整支毛筆應聲碎裂，「沒了妳最得意的武器，接下來看你們怎麼逃過我的鷹爪？」

* * *

遁的陣法消散，鍾小妹帶著孔雀王逃入了不遠處的小巷中。

「好臭。」孔雀王捏起了鼻子，「鍾小妹啊，妳幹嘛躲到垃圾桶的旁邊啊？妳要躲，可以找一個乾淨一點的地方嗎？」

「笨蛋。」鍾小妹用手指敲了孔雀王的腦袋一下。「你以為我喜歡臭嗎？因為這裡才是最晚被找到的地方啊！」

「最晚被找到？為什麼？」孔雀王訝異，「為什麼？」

「你是尊貴的印度主神之子，驕傲得要命，所以討厭垃圾的臭味，對吧？」

「是啊。」

「你以為白鷹不是嗎？」

「啊，對喔，他比我還驕傲，一定更討厭這味道！所以絕對不想來找這裡！」孔雀王恍然大悟，「妳真的很聰明欸，鍾小妹。」

「不過，這裡也不是永久的躲藏之地，因為白鷹找不到我們，遲早會找到垃圾桶這裡來。」鍾小妹咬著牙，「五分鐘？不，可能只有三分鐘，這是我們能夠思考下一步戰術的時間。」

「思考戰術？」

「當然要，因為我們處於絕對劣勢，一定要靠戰術！」鍾小妹看著自己的手心，上頭幾條清楚的鷹爪血痕。「敵人很強，而你重傷，我的靈筆剛剛也被奪走了，就算我能夠寫字，威力也不如靈筆了。」

鍾小妹單手托著下巴，用手指在空中虛畫著，表情嚴肅。

「戰術一，先找到白鷹的弱點……不行，現在的靈力容量差異太大，光找到弱點就會耗盡我方僅存的實力；戰術二，如果用驚擾戰術，不行，白鷹的視覺和聽覺都極度敏銳，逃不過他的觀察的；戰術三……」鍾小妹的手指在空中不斷盤算，但越是盤算，鍾小妹的眉頭也皺得越緊，因為她赫然發現，竟然沒有半個戰術可以用！

明明知道白鷹是一個臭屁的驕傲鬼，偏偏想不出半點辦法攻破現在的困境，可惡！真是可惡啊！

只是，當鍾小妹腸思枯竭之際，忽然，她聽到了一個笑聲。

低沉溫和，不用說，是鍾小妹這些日子已經聽慣了的……孔雀王笑聲。

「呵呵。」

「你笑什麼？」鍾小妹瞪著孔雀王。

「妳的樣子看起來好認真。」孔雀王用手按著自己的傷口，笑得很開心。

「我認真？我當然認真！現在是生死交關欸！」鍾小妹感到血衝腦門，這男生到底要把自己氣到什麼程度啊！

「可是，妳認真的樣子，很可愛。」孔雀王不再笑，反而收起了笑容，誠懇而認真的說。

「真的很可愛！」

「啊？」這秒鐘，鍾小妹很氣，氣孔雀王這時候還講這樣的話，但同一秒鐘，鍾小妹竟然感到一絲開心。

自己認真的樣子，被稱讚了嗎？

當哥哥鍾馗還在的時候，曾經多次想介紹男生給鍾小妹，這些男生一開始也許會被鍾小妹溫順的樣子吸引，但相處一久，往往受不了鍾小妹的「認真」。對鍾小妹來說，每件事都必須規劃清楚，每件事都必須穩穩到位，她的腦袋聰明絕頂，但就是少了那麼一點「放鬆」的能力。

她的認真，竟然被稱讚了？這是除了哥哥鍾馗以外，第一次有人很誠懇的對自己這樣說。

「對啊。」孔雀王隨即又恢復了笑容。「不過，關於戰術的部分，我覺得還好欸。」

「還好？」

「白鷹太強，我們重傷後太弱，無論怎麼想都不是他的對手，都無法逆轉戰局，那就別想了啊。」孔雀王微笑著，但眼神已經恢復了霸氣，「直接衝了吧！」

「直接衝？」這秒鐘，鍾小妹發現自己的內心又微微震盪了一下。

這次，她卻搞不懂了。

內心的震盪，是因為孔雀王那恢復霸氣的眼神？還是他那與鍾小妹完全互補的性格？

「對啊！」孔雀王慢慢起身，而全身上下僅存的羽毛，一點點泛起了彩色的光芒，這是他在凝聚靈力的證明。「就讓我用最後的羽毛，和他拚一場吧！」

「僅存的羽毛，換算成火藥，那火藥量太少了。」鍾小妹看著孔雀王。「除非，我們能讓火藥量提升……」

「提升？」

「火藥的使用，除了威力，還有設計。」鍾小妹凝視著四周，有垃圾桶，狹窄的暗巷，「而設計，則必須搭配地形……」

「妳想到什麼了嗎？鍾小妹？」孔雀王問。

「三分鐘。」鍾小妹吸了一口氣。「如果我們可以佈置出提升火藥的方式，也許，我們還有機會。」

「機會？」

「擊退白鷹，然後……」鍾小妹眼神焦距凝聚，腦海中瞬間建構出千百種可能性，然後迅速排除不可能的千百種，留下了最可行的一種。「全身而退！」

「真的嗎？」孔雀王此刻，又忍不住笑了，因為他好喜歡看鍾小妹這樣的表情。

認真。

認真的女人最美麗？好像有誰說過這樣的話呢？

白鷹來了。

他優雅的收起了翅膀，站在垃圾桶之前。

「周圍我都找過了，沒有你們的蹤跡，所以你們肯定躲在這裡。」白鷹冷漠的笑。「沒想到，古印度與古中國已經墮落到藏在垃圾桶，以躲避敵人了嗎？」

只是，當白鷹繼續往前走，忽然，他皺起了眉頭。

因為，他發現，腳底下有東西。

卡嚓一聲，像是把某個脆弱的物體給踩碎了。

白鷹低頭，他發現，被他踩碎的物體，有著鮮豔的色彩，那是一根羽毛，一根應該是來自某種華豔鳥類的羽毛。

「又是爆炸羽毛？」白鷹冷笑。「你還有沒有別招啊？」

但接下來發生的事，卻讓自信滿滿的白鷹，感到詫異了，因為這微微脆裂的聲音，竟然繼續往前，順著白鷹的腳底，卡嚓，卡嚓，卡嚓……沿著暗巷的路面，不斷往前延伸……

白鷹低頭，赫然發現，從他的腳底開始，彩色羽毛一直往前延伸，延伸到了垃圾桶。

然後，隨著不間斷的卡嚓聲，所有的羽毛，都開始泛出了亮紅色的暴力光芒；光芒，直通入那滿滿的垃圾桶下方！

「該死。」這一秒，白鷹懂了，脫口而出一聲髒話！「該死！你們竟敢用這麼卑劣的方式……來污辱我尊貴的，埃及白鷹啊！」

說完，所有的亮紅色光芒，都轉成了更劇烈、燃燒更完全的白色。

然後，爆炸。

暗巷爆炸，馬路爆炸，以及，垃圾桶爆炸！

伴隨著累積了不知道多少歲月的垃圾、廚餘、腐敗的食物、骯髒的衛生紙、噁心且不知名的黏液，還有醞釀了好幾年，已經根深柢固附著在垃圾桶上的氣味。

一口氣爆炸，化成比爆風還要令白鷹害怕千百倍的褐色浪潮，湧向了白鷹。

「我詛咒你們！」白鷹慘嚎，「我詛咒你們想出這麼骯髒的招數！」

白鷹在慘嚎中，就這樣被這股雖然沒有殺傷力，卻讓人怨恨至極的褐色浪潮，給深深淹沒了。

不遠處，也是林口這座城市。

一堆廢墟中，少年H和娜娜挖出了狼人T。

果然，狼人T的心臟處，已經空了，但透過眼鏡猴的科技技術，以高熱強行縫合，所以沒有流血，只有一個類似疤痕的傷口。

「為什麼當時替鑽石A做事的眼鏡猴，要替狼人T治療？」娜娜疑惑。

「也許，」少年H注視著狼人T的胸膛，「鑽石A也不希望狼人T死掉吧。」

「不希望狼人T死掉？」

「是的，難道西兒的心臟現在仍在跳動，是因為狼人T還活著嗎？」少年H沉吟。「所以鑽石A不敢動狼人T，至少，在他完全解開西兒心臟力量的秘密之前……」

「幸好……」娜娜拍了拍胸膛。「所以，狼人T短時間內沒有性命之憂？」

「嗯，可以這樣說。」少年H看著狼人T，眼神溫柔。「狼人T老兄啊，你用了數百年的歲月，記掛著西兒，只為了再見她一面，但我要和你說一件事，當時是西兒懇求刺蝟女來找我的，所以……她同樣牽掛著你啊。」

「嗯。」

「彼此守護，彼此等待。」少年H吸了一口氣。「此刻遭逢地獄亂世，誰說亂世莫談兒女情，亂世兒女情更深啊。」

「這句話說得真好。」娜娜看著少年H，忽然笑了。「天師，看你的表情，難道……你想到了誰嗎？」

「呵呵，」少年H淺笑，「佛曰，不可說。」

「嗯。」娜娜笑了笑，吐了長長一口氣，小聲的自言自語。「如果真有那個人，我會好羨慕她呢。」

「嗯？」少年H轉頭，「娜娜，妳剛說什麼，我沒聽清楚。」

「沒事，沒事。」娜娜急忙揮了揮手。「天師，那接下來我們該做什麼？」

「我們已經拿到了狼人T手上的黑蕊花。」少年H表情轉為嚴肅，「現在的我們，反而危險，因為容易成為所有獵人共同追逐的對象！」

「那怎麼辦？」

「妳先把狼人T送到安全的地方，一個有天使團庇蔭的所在，可以嗎？」少年H說。

「好，我會回去找錢爸他們，但……那你呢？」

「我打算帶著黑蕊花，」少年H微微一笑，「先去繞一下，然後去找貓女他們。」

「啊，繞一下……」這秒鐘，娜娜懂了，少年H要以自己為誘餌，將所有的獵人都引來，避免娜娜自己和狼人T受到傷害。「不可以啦！天師！還是我來拿黑蕊花，所有玩家一定都會猜測，黑蕊花在你手上，這是虛虛實實……」

「呵呵，如果我們的敵人只有一個，妳想的招數可能還有用，但別忘了，我們現在可是要面對四十五萬人的人肉搜尋喔。」少年H伸出手，摸了摸娜娜的頭。「如果讓妳和狼人T陷入了危險，我可是很過意不去的。」

「可是……你一個人要面對這麼多方的勢力，埃及古神獸、女神大軍、鑽石A，甚至是德古拉集團與亞瑟王軍團……太危險了啦！」娜娜緊張的抓著少年H的衣袖，拚命搖頭。

「娜娜、娜娜，妳不要緊張，妳聽我說。」少年H認真的看著娜娜。

「嗯？」

「妳忘記我是誰了嗎？」

「啊。」

「我是少年H喔。」少年H的表情中，有著認真，也有著調皮，更多的是那種令人百分之百安心的……自信！

這一秒鐘，娜娜先是一愣，然後笑了。

宛如清晨陽光般，笑了。

「我是少年H，地獄列車上沒死，黑榜十六強沒能殺死我，連女神與濕婆，都沒能讓我喪命。」少年H握著黑蕊花，表情溫柔。「我像是蟑螂般的生命力，大概只有阿努比斯可以比擬吧，因為他也是怎麼樣都殺不死的傢伙，黑蕊花這樣的東西給我保管，不是剛好嗎？」

「但你的對手，剛好就是阿努比斯……」

「那就看我們兩個縱橫地獄遊戲的人物，誰的生命力接近小強吧，呵呵……」少年H此刻的表情，彷彿在期待著，期待著與老友見面，而那個老友，肯定就是阿努比斯。

忽然，娜娜又懂了一件事。

她的確不該拿走黑蕊花，因為，不只是少年H不可能讓她陷入危險，更重要的是……這場與阿努比斯的戰役，是屬於少年H的。

打從地獄列車開始，這旗鼓相當、惺惺相惜的兩個人，也許就在等這一刻。

等著以自己的實力與智計，分出勝負的這一刻。

「好啦，那我帶狼人T去安全的地方，天師，你自己要小心喔。」娜娜走前，仍不忘叮嚀。

「會的。」

「那你說的繞一繞，是準備繞去哪呢？天師。」

「現在流行什麼都加上『微』，微電影、微旅行、微薪水……」少年H微笑，「而那場戰鬥，也算是三大文明古國的『微』戰鬥，因為參與戰鬥的三人，剛好就是埃及、印度，與中國。」

「啊？」娜娜表情滿是問號。

「不說了，妳快送走狼人T吧！」少年H笑著，「再不走，人肉搜尋的玩家們就要發現我們了！」

「嗯。」娜娜運起靈力，喚出了專司捆綁的紅線，將狼人T層層捆綁，透過靈力，將超過百公斤體重的狼人T輕鬆的扛上了肩膀。

只是，娜娜才走了幾步，就忍不住回頭。

此時，少年H的背影已經遠了。

那精練、帥氣，又偏偏帶著些許調皮感覺的背影，已經快速的消失在城市的另一頭。

於是，娜娜輕聲的說著，「你要保重啊，天師，有件事我一直沒說，如果可以，我也想成為你的西兒，雖然我知道……你心中的西兒，另有其人。」

「也祝福你們，一定、一定，要一起度過這個地獄遊戲。」娜娜笑了，那是祝福的笑容。

「然後邀請我們一起參加你們的婚禮喔，嘻嘻，到時候，各方神魔一起鬧婚禮，一定很好玩吧！」

各方神魔一起鬧婚禮，一定，很好玩吧！

林口，暗巷。

激烈的爆炸中，垃圾紛飛，而且爆炸似乎經過特殊的設計，讓所有的垃圾都朝著同一個方向集中而去。

只是，那個方向還存在著另一股比爆炸更兇狠的力量。

那是白鷹，他嘶吼著，雙手舞動，每舞一下，就是一道閃爍著銀藍光芒的冰刃。

數百道冰刃層層疊疊，化成密不透風的殺人高牆，將所有飛來的、噁心的、懷著不知名惡臭的垃圾，紛紛擊碎在半路。

當垃圾被全部擊落，一隻憤怒的白鷹傲立其中。

「你們死定了，孔雀王！鍾小妹！」白鷹咬牙切齒，怒意驚人。「我以埃及神祇荷魯斯之名發誓，我要將你們千刀萬剮，萬剮千刀，再千刀萬剮，然後再萬剮千刀！切成細胞大小！切到拿去DNA分析，都分析不出是你們！」

只是，當白鷹往前踏了一步，他赫然發現，地面上，又是一個輕輕的卡嚓聲。

「又安排地雷式的炸彈？」白鷹齜牙咧嘴，「這次沒有垃圾可以炸了，我看你們還可以玩出什麼花樣？」

然後，又是完全相同的模式，順著第一聲卡嚓，又是第二聲卡嚓，第三聲卡嚓，滿地的羽毛，一路往前蔓延。

「看你這次能蔓延到哪裡？」白鷹抬起頭，有恃無恐的順著卡嚓聲往前望去，只見卡嚓一聲接著一聲，不斷往前，然後奇妙的是，那個卡嚓聲忽然一左一右的往兩邊岔開，分成兩路前進。

「咦？」白鷹皺眉。

只見左右兩路的卡嚓聲，順著彩色羽毛繼續往前推進，然後再次分開了，分成了四條，四條卡嚓聲繼續推進，又再次分開，分成了八條。

八條盤桓交錯，有的再次合而為一，有的又繼續岔開，一轉眼間，八條變成了二十條，又濃縮為十五條。

乍看之下，竟宛如骨牌遊戲，在這小巷之中互相盤繞，而且路線不限於地面，有的更爬上了磚牆，然後走上了天空，變成一條條飄浮的線。

白鷹看得頭暈目眩，這些羽毛到底是怎麼回事？孔雀王到底是怎麼回事？他把這麼多羽毛都排出來，肯定是打出了所有的靈力了，他想要幹嘛？用靈力玩骨牌遊戲？是打算在他生命中最後的一刻來搞笑嗎？

這些羽毛骨牌快速盤繞交錯，忽然，白鷹發現，所有的羽毛，所有的卡嚓聲，都開始匯集了。

數十條線，或地面、或牆面、或天空飄浮，此刻，都朝著最後一個位置匯集了過去。

「喔？」白鷹冷笑。「這個無聊的遊戲終於要結束了嗎？」

「是的，快結束了。」所有的匯集點之處，一個嬌俏的人影出現，那不是別人，正是擁有驚人智商的女孩，鍾小妹。「你知道嗎？白鷹，一開始的垃圾炸彈，除了是要爭取時間佈置這樣複雜的陣法，更重要的是，我們知道討厭垃圾的你，為了怕被垃圾沾到，一定會站到你現在的位置。」

「哼，所以呢？」

「所以，我們要請你明白一件事。」鍾小妹微微一笑，那數十條卡嚓聲，似乎都指向了鍾小妹的掌心。

掌心上，一個字，正在隱隱發光。

「哪件事？」

「當古老的印度靈力，配上中國最得意的陣法，會是怎麼樣？」鍾小妹淡淡的說著，「這個中國陣法，叫做太極。」

「太極？」白鷹表情依然驕傲，「感覺像是一種食物？」

「不，那是一碗水與一把劍的合體，這也是我最佩服的人，他的武術基礎。」鍾小妹一笑，然後就在這一瞬間，所有的線都到了。

到了鍾小妹掌心那個字上，然後那個字，開始泛出宛如火焰般的亮紅色光芒。

「這個字，叫做圓。」

圓。

所有的線都到了，然後瞬間合體之後，再次以驚人的高速，順著原本的線往外擴散，這一擴散，白鷹忽然明白了這些線的路線合一的真正模樣。

這是一個圓。

對，將白鷹徹頭徹尾、完全包圍的亮紅色火焰之圓。

「不過就是炸彈……有……有什麼好怕的？」白鷹感到心臟莫名的加速，他發現自己產生了一種奇妙的情感，那情感，似乎就是人類所說的，恐懼。

「是，不過就是炸彈嘛，但如果這些炸彈的能量，如同一個圓，可以不斷的在圓之中來回環繞，那可就不是一個炸彈而已囉。」鍾小妹微笑之後，突然提氣大喝，「給我爆開吧！炸彈！」

給我爆開吧！炸彈！

這一剎那，所有的亮點，同時崩塌，然後一口氣捲向了居中的白鷹。

「吼。」白鷹彷彿也意識到這次情況的危急，伸手一揮，「冰點！」

他身邊出現了一圈又一圈藍白色透明的冰牆，試圖要像剛才一樣，靠著降低分子運動，來減緩炸彈的火力。

他成功了，是的，他的冰點，讓分子的速度減弱。

但，他隨即發現，自己的成功，竟然只有短暫的一秒而已。

因為下一秒，所有的爆風撞擊到陣法的邊緣後，又直接反彈回到了他的面前，逼得他，只能再次打出冰點。

只是，當冰點再次逼退了火焰，這些火焰又碰到周圍的圓，竟然像是永不衰減的反彈球，又彈了回來。

於是，短短的數秒間，白鷹被無數來回彈射的火焰猛攻，由外往內看向這個圓，簡直美到讓人屏息，因為那是上千筆極致的紅焰，與極致的冷白，在這個大圓中猛烈彈射，彼此抵消，然後又相互激發出無比的燦爛。

「可惡啊！」白鷹的靈力雖強，但面對鍾小妹透過陣法，所佈下這完美的圓，無窮無盡的攻擊，讓他也不得不露出了疲態。

他撐了三分鐘，也就是一百八十秒，而這一百八十秒中，其實已經累積了超過二十萬次的孔雀羽毛猛攻。

終於，在這些綿密不斷的火焰猛射中，白鷹因為憤怒而露出了一個破綻。

「該死啊！」白鷹嘶吼，只是一個破綻而已，就讓亮紅色的光芒取得了絕對的優勢，剎那間，壓倒了極致的冷白！

也就在同一秒，冷白崩潰，圓將白鷹的身與形，一起徹底的掩蓋了過去。

「贏了？」孔雀王終於露臉，他身上一根羽毛都沒有了，剛剛那超乎絕倫的陣法攻擊，最基礎的，就是他一身浩瀚的靈力，而如今，他的靈力隨著羽毛全部打出，一丁點剩餘都沒有了。

「好像是贏了。」鍾小妹喘著氣，整個戰術，她擔任的是司令塔的角色，先是以上千根羽毛排出完美無缺的圓之陣，然後炸開垃圾，將白鷹逼到正確的位置，最後點亮這個圓之陣。

整個戰術看似簡單，事實上，卻是時間與空間的絕對精密組合，只要有一點點差錯，只要錯估一點點白鷹的能力與想法，就可能導致全盤皆輸。

這是場硬仗，一場紮紮實實的硬仗，但鍾小妹和孔雀王成功了。

「漂亮。」孔雀王豎起了大拇指，「剛剛的戰術，很漂亮。」

「呵呵，」鍾小妹重重吐出了一口氣。「其實是你的靈力很夠，如果靈力不足，白鷹肯定能強行突破，別說來回攻擊了，也可能一開始就被瓦解了。」

「妳太謙虛了啦。」孔雀王正要繼續說，突然，他發現，鍾小妹看著自己，嘴角忽然閃過一個笑容，但又強行忍住。「幹嘛突然笑？」

「嘻嘻，沒有啊。」鍾小妹的眼角瞄向了孔雀王，又是一個忍不住的竊笑。

「快說，快說！」孔雀王起身，全身亂拍，「我身上有長蟲嗎？可惡，我是孔雀王欸，哪隻蟲敢爬到我身上？」

「不是蟲啦。」

「那是什麼？」

「是因為，你身上一根羽毛都沒有啦，看起來赤裸裸的，感覺好好笑。」鍾小妹摀著嘴，拚命忍住笑。

「一根羽毛都沒有?可惡!妳以為我是故意的啊!」孔雀王自古以來就是英俊的印度王子，想到自己一身美麗的羽毛都不在了，不由得又急又羞，想把身體全部遮起。

「很好笑啊。」鍾小妹到此刻，終於忍不住大笑了起來。「而且很可愛。」

「很……很可愛?」孔雀王這一剎那，所有的怒氣頓消，臉還突然紅了。

「對啊，超好笑，而且很可愛，比你全身都是漂亮羽毛時，可愛很多喔。」鍾小妹笑，她發現，此刻的孔雀王真的很醜，醜爆了。

但是，卻比剛開始認識這頭驕傲孔雀時，可愛很多。現在的孔雀王，褪去了那華麗的王子衣衫，與鍾小妹共同經歷了多場生死交關的血戰，變成了一根羽毛都沒有的醜鳥，但這醜鳥，卻少了距離，多了幾分親近。

「不過，我的羽毛和靈力有關啦，過些時間，就會慢慢長回來了。」孔雀王嘆氣，愛漂亮的他，雖然很享受鍾小妹的笑容，卻也很懷念自己帥氣的樣子。

「嗯，那會正常多了。」鍾小妹點頭。

「幹掉了白鷹，那我們該幹嘛?」孔雀王抓了抓頭。

「先養傷。我聽說現在整個地獄遊戲，都在搶奪一個叫做黑蕊花的寶物。」鍾小妹沉吟。

「我們也許可以加入少年H的陣營，幫上一點小忙。」

「好。」孔雀王抓了抓沒有半點羽毛的頭，「我的爸爸退出戰場前，將遺志交給了少年

H，我也想幫他。」

「那你哥哥象神……」

「是啊，我哥哥象神是被少年H擊敗，然後又被蚩尤所殺。」孔雀王微微一笑，「但我知道，這是我哥哥的夢，透過這場戰役，他能找回和父親的情感，這才是他想要的。」

「嗯。」鍾小妹點頭，她是很佩服象神的，這個象頭人身的古老印度神祇，其智慧和聰明肯定還在自己之上。

「那我們走吧。」孔雀王慢慢撐起了重傷的身體。

「走吧。」

只是，就在兩人帶著精疲力竭的身軀，一步一步緩緩的走出暗巷之時，忽然，孔雀王感到背脊竄過一陣古怪的涼意。

這涼意，很輕、很淡。

輕淡到讓孔雀王一瞬間以為，只是暗巷中難免會出現的涼風，但是，一股恐怖的熟悉感，讓孔雀王下意識的伸出了手，朝著鍾小妹的身軀，用力推了下去。

這一剎那，在鍾小妹的眼中，彷彿進入了電影中的慢動作。

倉促間，鍾小妹來不及說話，身體只是被孔雀王的推力，推得往旁邊飛騰而去，她只來得及用眼神看向孔雀王，眼神中，盡是疑惑。

就在鍾小妹被推離原來位置的這一刻，一個藍白色的、宛如長箭的物體來了。

長箭沒有擊中鍾小妹，孔雀王的這一推，讓鍾小妹驚險避開，卻擊中了孔雀王的手。

他的手被長箭貫穿，也在同一時間，傷口湧現藍白色的冰，那冰就像是活的般，順著孔雀王的手臂往上攀爬，而此刻，鍾小妹的身體仍在飛騰，她嘴巴微微張開，正要喊出什麼。

藍白色的冰眨眼間就爬滿了孔雀王的手，然後快速蔓延了他半個身體。

「孔……」鍾小妹的眼神驚恐，聰明的她，已經明白現在究竟發生了什麼事！

藍白色的冰還在蔓延，一下子就侵佔了孔雀王八成的身體面積。

「雀……」時間被拉長到極致，鍾小妹仍在半空中飛騰，時間上，她方才喊出第二個字。

藍白色的冰，現在爬滿了孔雀王全身，最後一個化成藍白色冰狀的，是孔雀王的雙眼。

那曾經令鍾小妹厭惡的雙眼，在白冰覆蓋之前，是驕傲與溫柔的，因為他在最後一刻，把鍾小妹給推開了。

「王……」鍾小妹的眼眶還是濕潤了，但眼淚仍來不及流下，她甚至還沒有落地。

整隻孔雀王，已經完全被藍白色的冰給覆蓋。

然後，接下來的事，更讓鍾小妹，永生難忘。

真真正正的永生難忘。

因為藍白色的冰，開始裂了。

帶著孔雀王的身軀，一起碎裂，徹底的碎裂，一起化成了千萬個美麗的白色冰點，像雨一樣墜落。

「……啊啊啊！」終於，鍾小妹喊出了最後一個字，飛騰的身軀落地，眼角的眼淚也流了下來。

在鍾小妹眼中的時間，恢復了正常，像是憋久了的呼吸突然被釋放，一切都開始加快，但，鍾小妹的眼淚卻無法停止。

因為她眼前的孔雀王碎了。

那個曾經讓自己討厭至極，也曾經掉光羽毛讓自己感動的笨蛋，此刻，完全的碎了。

「孔雀王啊～～～～」鍾小妹嘶吼著。

而那個冰箭的始作俑者，也終於從暗巷中現身，原本美麗的白色羽毛，也因為焦黑而落得只剩下一半。

「呵呵，敢和我埃及作對，這就是下場！」白鷹冷笑，狼狽的他，仍努力保持著勝利者的姿態。

「我……」鍾小妹的右拳握得好緊，緊到發痛。「我，絕對不會饒了你，白鷹！」

「妳不饒了我？那又怎樣？」白鷹獰笑。「妳有靈力和我對抗嗎？更別提妳的靈筆被我折斷了，妳要怎麼不饒我？說啊，說對給妳一百分！」

「我，絕對不饒你！」鍾小妹咬著牙，右拳握得太緊，指甲嵌入肉裡，已經開始泛血。

「咯咯，那來啊！來殺我啊！」白鷹舉起了他的羽毛，那雪白的羽毛，閃爍著凌厲的殺氣。「還是，去陪陪孔雀王，如果妳這麼想念他的話！」

「我……」鍾小妹眼神綻放殺氣，瞪著白鷹。

「去死吧！」白鷹一吼，手上的翅膀揮了下去，雪白色的刀光，伴隨著數根懷著冰點能量的羽毛，炸向了鍾小妹。

然後，白鷹轉身，他已經懶得看結果了，因為他有自信，現在的鍾小妹沒有半點能力可以躲過自己的攻擊，所以，她死定了，這個鍾小妹死定了。

他，白鷹荷魯斯，代表埃及，正式痛宰印度和中國了。

只是，他的腳步卻突然慢了。

因為他聽到背後除了藍冰蔓延的卡卡聲之外，還有一個笑聲。

這笑聲屬於少年，溫和、輕鬆，像是一個得道高人，淡然的凝視這個悲傷而憤怒的世界。

然後，白鷹慢慢回頭，他發現，藍白色的冰，停了。

而且停在一個他熟悉的陣法中。

一個白鷹痛恨無比的陣法，圓的陣法。

「其實，圓的陣法有很多用途喔。」那少年右手負在背後，只憑一隻左手的圓，就將所有冰冷的羽毛，都困在一個圓之中。「就像一碗水，旋轉會出現漩渦一樣，不只是重複攻擊，它還可以卸勁，順利的話，可以讓所有的攻擊都化為無效。」

「你！」白鷹感到背脊發涼，這少年，究竟是什麼時候出現的？他手上的那個圓，明明如此輕鬆、如此簡單，卻透露著比剛才鍾小妹精心設計的圓，要厲害百倍的氣勢。

為什麼？

為什麼？

這少年到底是誰？

「我是誰？」少年笑，「簡單來說，我是一個實現願望的人，我是來幫鍾小妹實現願望的。」

「願……願望？」這少年雖然全身不帶半點殺氣，卻莫名的讓白鷹感到戰慄。

「是啊，那個願望很簡單。」那少年的笑容中，除了溫和，還帶著絕不妥協的堅毅。「就是替鍾小妹，『絕對饒不了你！』」

絕對，不會，饒了你！

台北火車站。

那兩個能主宰戰局，卻因為彼此牽制，而只能一起吃滷味、閒聊的兩大強者。

忽然，賽特眉頭微微皺起，筷子頓了一下，才又繼續夾菜。

「幹嘛停筷？啊，你在擔心女神的兒子？」坐在賽特對面的，是土地公，也就是黑桃A蚩尤的化身。

「哼。」賽特沒有多說，只是搖了搖頭。「說是擔心，倒是還好，反而白鷹這小子從小過慣了好日子，不知道天高地厚，有人教訓他一下也好。」

「不過教訓他的人，可是H那小子喔。」土地公微笑，「這小子看起來溫和，真的動怒起來，是絕對不會留情的喔。」

「那我能怎麼辦？」賽特慢慢抬起頭，這剎那，他的背後緩緩凝聚出一團巨大的黑色靈波，靈波有雙散發著銀光的冷冽雙眼，那是野獸的眼睛，沙漠猛獸的雙眼。「難道，要打敗你，走出去救他？」

「你想嗎？」土地公繼續吃著他的滷味，而他的背後，也是一團巨大的灰色靈波升起。兩根銳利的牛角，滅世霸氣強橫，不是蚩尤本體是什麼？

「不想。」賽特一笑，收起了背後的靈波。「白鷹那小子，又不是我生的。」

「對嘛。」土地公也收起了霸氣。「我們就繼續在這裡吃東西就好，台灣小吃真的是一絕，保證你埃及沙漠可沒有。」

「也是。」賽特冷冷一笑，「不過，我們兩個老是坐在這裡，互相牽制，豈不是放任最後一張A開始發威？」

「你是說鑽石老A嗎？」

「還有誰？」

「嗯。」土地公停了筷子，想了一下，才若有所思的說，「其實我和這傢伙不太熟，但我倒是認為，他的影響有限。」

「喔，你是說他不夠強？」

「不，他當然很強，好歹也是代表一個神系的至惡之神，才能登上A的位置。」土地公思考著。「只是我有種感覺，他的影響，會被另外一個人壓制。」

「另一個人壓制？」

「那個人，奇怪了，他到底在等什麼？」土地公說到這，笑了。「這麼早就透露出了他的足跡，卻偏偏不露面，還是他遇到了和女神一樣的問題，力量太頂級，所以需要拆開力量才能進到地獄遊戲？」

「嗯？拆開力量？」

「像我們，只能放兩三成的力量進入遊戲，免得遊戲超載，但有的人就是貪心，想把整團力量都運進來，」土地公說到這，繼續笑著，「所以女神必須集合三個聖器，濕婆也是湊齊了所有的力量才現出真身。」

「你說那個人，等級和女神一樣，所以必須將力量拆解，才能進入遊戲？」賽特眼睛眯起，「照這樣說起來，需要這樣做的人，其實也剩下不多了啊。」

「當然，所有擁有此番力量的人都登場了，就除了他啊。」土地公呵呵的笑著。「他還沒湊齊力量啊，這樣我和他的戰鬥，就一直結束不了啊，哈哈哈。」

「嗯。」賽特沉吟了半晌，「如果真是他，那……鑽石A，可能真的發揮不了作用啊。」

「對啊，最後這個人，其等級之高，可是足以清理牌桌的。」土地公一直笑，「不過好奇怪，我一直覺得他就在身邊，但又找不到他，這老傢伙也太會藏了吧？難道要某些痛苦悲傷的事情，才會把他弄出來？」

「嗯，別想了啦，吃東西吧。」賽特也笑。「你一直在洩漏劇情，真是不太好。」

「是啊，我們吃東西吧，再洩漏下去，可能沒人想看地獄遊戲的故事了。」土地公吞了一大口滷味。「所以，我們繼續吃，繼續互相牽制吧！」

就在土地公與賽特開心閒聊之際，另一個人，因為這場戰鬥而微微停下了步伐。

他，一襲黑衣，霸氣凜然。

面對著這眼前兩個人類史上最傑出的音樂者，他保持著慣有的穩定。

但，他卻在此刻露出了一個奇怪的微笑。

「少年H，你要對白鷹啊？」黑衣人淡淡的笑著。「白鷹慘了，一個只會在高空飛翔的老鷹，怎麼會是多次在陸地上出生入死的猛獸的對手呢？」

同時間，又一個人對這場戰役有了反應。

她是一個讀書者，位在台北火車站的正中央，安閒閱讀的讀書者。

「嗯。」她的頭抬起，像在思考著什麼，接著，她又低下頭，繼續回到了她的書本世界中。

只是，沒有人注意，她抬頭的瞬間，有一個極為細小的東西，從她的影子下，竄了出去。

那東西竄得很快，如果不仔細看，還分辨不出它原來是一個長方形狀。

然後，這東西竄過了正在吃滷味的土地公與賽特的背後。

土地公的筷子微微一頓，但賽特的筷子也微微一頓，這一剎那，兩大強者都沒有動，直到那方塊竄過了兩人的身後。

「先說好，賽特。」先動筷子的，是土地公，「你欠我一次。」

「嗯，欠你一次。」賽特點頭。「因為你沒阻他。」

「所以，繼續吃？」

「是，繼續吃吧。」

兩大強者，繼續被困在這一大碗似乎永遠吃不完的滷味中。

諸多神魔關注的這場戰役，已經開始了。

白鷹，展開了他驕傲的翅膀，雙腳緩緩離地，居高臨下的瞪著眼前的少年。

「我想起你是誰了。」白鷹嘴角微揚，帶著冷冷的怒意。「你是少年H，差點被我母親殺死的敵人。」

「嗯，是的，我差點被女神殺死，完全沒錯。」少年H單手負在背後，微笑。「順帶一提，我還差點被濕婆殺死。」

「我母親當時放過你，我可不會放過你！」白鷹尖銳而憤怒，他變得躁怒，但那份躁怒，其實是白鷹想要壓制自己內心不斷湧現的不安。

眼前這少年，雖然是差點被女神和濕婆殺死沒錯，但換一種說法，也就是，無論強如女神或是濕婆，都沒辦法殺死這傢伙。

如果一個人能接連逃出女神和濕婆的掌心，那，他的實力到底到哪裡？光想到這裡，白鷹就無法控制的內心戰慄。

「嗯，請出招。」少年H左手的圓，再次現身。

「吼！」白鷹雙翅一揮，數十根被賦予了強大冰點能量的羽毛，閃爍著美麗的藍色光芒，朝著少年H疾飛而去。

少年H與白鷹，這場新的戰鬥，正式揭開了序幕。

只是，當少年H與白鷹在暗巷展開對決時，那個女孩，卻在發呆。

那個以高智商著稱的鍾小妹，正看著自己的手心發呆。

手心上，是一個藍白色的冰塊，冰塊中封住的，是一片彩色的羽毛。

那是孔雀王的羽毛，殘破、焦黑，已經沒有了生命的氣息。

「好笨喔，好笨好笨喔你！」鍾小妹發現自己臉頰上的淚，不斷滑落，竟然停不下來。

「我用膝蓋想，都可以想出數十種阻擋冰箭的方法，為什麼你偏偏選了一種最笨的方法，就是用你的肉身為我擋箭？」

「為什麼為什麼為什麼？」鍾小妹用袖子擦去眼淚，但眼淚又持續流下來，她繼續擦，眼淚又不聽話的不斷往下流……「為什麼你要這麼笨！明明笨成這樣，但，為什麼我又……這麼感動？」

感動。

鍾小妹閉上眼，她想起了第一次遇到孔雀王，只覺得他是空有一身浩瀚靈力的公子哥，仗著自己父親是濕婆，驕傲得要命。

他們一起襲擊空軍基地，一起降落到女神的地盤，然後兩人成功攜手，施展了「燚」之孔雀，成為少數能逃出女神手底下的人物，之後他們又遭遇了白鷹荷魯斯的追殺，好多次都是生死一線，好多次都是兩人共度難關。

鍾小妹常常覺得很氣，超氣的，因為她不懂為什麼老是和這隻笨孔雀一組，這孔雀王老是讓她氣到快吐血，但事實上她真正氣的卻是，她又老是被這隻笨孔雀給感動。

為什麼？

鍾小妹抬起頭，感受著臉頰上不斷滑下的淚水，她想起了鍾馗哥哥曾說過的……

如果，妳遇到一個願意將全身性命託付給妳的人，那哥哥就放心了。

哥哥，我現在遇到了，但，他卻為了我犧牲了性命，我該怎麼辦？哥哥。

我該怎麼辦呢？哥哥。

此刻的林口，四十五萬的玩家湧入，大大小小戰役不斷發生。

「根據統計，」比爾看著手上的平板電腦，對著貓女說著，「此刻的林口，每一秒鐘，都有超過五百場戰鬥正在進行，有的是獵殺玩家的小戰鬥，但也有像是混血激戰阿努比斯這種，撼動未來命運的高級戰鬥。」

「林口，好熱鬧啊。」貓女微微一笑，慵懶而迷人。

「是啊。」比爾滑動著手上的平板電腦，眼睛瞇起，「對我來說，真正迷人的，是這些程式究竟會進化到什麼程度。」

「你真是一個奇怪的人。」貓女歪著頭。「每個人在你的眼中，都是一個程式嗎？」

「可以這樣說。」比爾聳肩，「人從出生、就學、就業、創業，到死亡，不就是依循著某些公式行動？而那些公式，不就像是一個又一個程式嗎？」

「但每個人會遇到的事情都不同……」

「大多數都是一樣的，是的，若有少數不同，那就是程式的異變，那是我最感興趣的。」

「唉，說穿了，你還是把人當作程式。」貓女嘆氣。

「呵呵，那只是認知不同而已啦。」比爾笑，「只是看過了這麼多程式，我發現我有了渴望，渴望見到真正完美的程式。」

「真正完美的程式？」

「也許按照人類的說法，就像是遇到真命天女那種感覺吧。」比爾微笑。「能讓我親眼見到最完美的程式一眼，我死都甘心。」

「真怪。」貓女搖頭，用舌頭輕輕舔著自己的爪子，迷人中帶著一絲貓女獨有的危險氣息。「你真是怪人。」

「怪人，才能改變世界，不是嗎？」比爾眼睛凝視遠方，此刻，他的嘴角揚起了一抹古怪的笑容。「有時候，要達成夢想，還是得耍點卑鄙的手段，對吧？」

「嗯。」貓女眼睛瞇起，一股不安的直覺突然湧現，但又不知道來自哪裡，於是，又悄悄的被她壓抑了下來。

第四章　最完美的音樂合奏

貝多芬。

在人類世界，他是極度偉大的音樂家。死前的那個晚上，天空暈著藍色月光中，一個男人出現在他的病榻前。

「你是貝多芬？」

「是……你是誰？」

「我來自地獄。」那是一個高雅而斯文的男人，一襲古典華麗的長衣，樣子宛如中世紀的尊貴伯爵。

「地獄？」貝多芬驚恐，「我認真侍奉天主，也沒有存害人之心，為什麼死後要下地獄？」

「你完全搞錯地獄的定義了，地獄是人間的延續，而且是一個更有趣、更豐沛的世界。」那男人笑起來，兩根利齒閃閃發光。

「啊？」

「而且，那裡保存了從人類創生以來所有的音樂，包你取之不盡，用之不竭。」那男人微笑。「怎麼樣？心動嗎？」

「聽起來，就是惡魔的說詞。」

「是不是惡魔的說詞？你可以聽聽看，」那男人從懷中拿出了一個貝多芬從未見過的黑色方塊，當男人輕輕一按，一陣旋律隨之傳出。

「聽……」這一剎那，貝多芬陡然安靜下來，因為他發現，自己竟然流了淚。

身為最偉大的音樂人，他知道何謂偉大的音樂，何謂神之音樂，而他現在聽到這簡單的旋律，就是神的樂章。

「就是這樣，這旋律太神奇，就算是我這特殊儲存容器，擁有超大的容量，也只能錄下這一小段而已。」男人淡淡笑著。「如何？地獄之中，包含了成千上萬的寶貝，這音樂只是其中之一而已喔。」

「嗯。」貝多芬垂死的眼神，因此綻放出了光芒。

如果地獄比天堂有趣這麼多，那幹嘛要去天堂？更何況，他真的很想、很想聽完整首曲子。

「不過有個問題。」男人摩娑著下巴的小鬍子，帶著歉意的笑。「地獄中雖然擁有這麼多寶物，但也是一個很危險的地方，因為裡面居住著從古至今所有的神魔，殭屍、狼人、龍……還有吸血鬼，你一個菜鳥靈魂到了地獄，別說想拿到寶物，可能連要保命都很難。」

「所以，我該怎麼辦？」

「加入我，怎麼樣？」男人笑了，這一笑，又是兩根利齒閃閃發光。

「怎麼加入？」

「讓我吸一口血。」男人慢慢的說著。「通常要我親自吸血，沒有巨大的靈魂潛能，是無法承受的，但如果是你，應該沒問題，怎麼樣？」

「難道，你是吸血鬼？」貝多芬眼睛大睜。

「呵呵，你怕了嗎？」

「如果是追求永恆的音樂，」貝多芬大笑，那是創造出無數音樂傳說的神童的自傲之笑，「有什麼好怕？」

「對嘛，果然不愧是我選中的人。」男子笑得開心，「不過，在吸你血，並賦予你吸血鬼血統之前，我應該自我介紹一下。」

「請說。」

「我乃是吸血鬼族的始祖。」男人姿態高雅的說。「我的名字，叫做德古拉。」

我乃是吸血鬼族的始祖，德古拉。

此刻，貝多芬拿著指揮棒，神態莊重，他回想起了數百年前，自己加入地獄的那段歲月，

他被德古拉吸完了血後，從人類轉換成了吸血鬼，原本的重病因此康復，並從此在人間與地

獄遊走。

那段時間，他聆聽了地獄第二層的奧菲斯神曲，當他在地獄中尋找更多好的音樂時，他發現，真正偉大的音樂並不是在演奏中找到的。在地獄裡面，隨處都有音樂，包含了地獄之海中的美人魚，包含了建木上的玄鳥，包含了風吹拂嘆息之壁時自然生成的神秘音律。

而當他擁有了足夠的能量與領悟，他更重回人間，創作了他生命的巔峰，第九號交響曲。那是頌讚神的交響曲，事實上，卻是見識過真正地獄後的貝多芬創作出來的。

不過，在這段豐沛的地獄音樂之旅中，有件事始終讓貝多芬耿耿於懷，那就是聆聽奧菲斯神曲的那一次……

奧菲斯的神曲，堪稱最接近完美的曲目，甚至被用來引渡地獄列車從陽世回到陰界，因為只有神曲獨特的節奏與力量，才能貫穿陰陽兩界，讓列車不至於迷失。

當然，除非列車內部自己展開了激烈打鬥，就像是逼出少年H與阿努比斯的地獄列車事件，才會有例外狀況發生。

記得當時，貝多芬聆聽著奧菲斯神曲，並要求與奧菲斯合奏時，奧菲斯卻拒絕了。

「朋友，我可以感覺到你對音樂的熱情與潛力，都不在我之下。」奧菲斯溫和的說著。

「但很抱歉，我不能與你合奏。」

「為什麼不能？」貝多芬不解。

「因為我們的音樂之路不同，我的合奏，很早之前就已經獻給了我的妻子。」奧菲斯臉上帶著微微的歉疚。「我與你的音樂，是無法完美結合的。」

「喔？」貝多芬臉上難掩失望。

「事實上，你必須找到一個可以和你完美結合音樂的人，你才會完整。」

「啊？」

「只是恐怕很難，因為他的音樂造詣必須與你接近，而且屬性又要和你不同，更重要的是，你們必須為了某個共同目標奮鬥。」奧菲斯輕輕的說著，「湊齊以上條件，你和他就能演奏出今生最棒的歌曲。」

「今生最棒的歌曲？那是什麼？」

「那是極致樂章，」奧菲斯溫和的說，「在地獄，也有人這樣說，那會是一種最強大的招數，或是，最具毀滅力的武器吧。」

而如今，跨越了數百年的現在，當貝多芬因為少年H的「靈核彈」而逃過一死，另一個人搭著計程車趕上了這場戰役。

忽然，貝多芬有一種奇妙的預感，當時奧菲斯的預言，即將要成真了。

那最強大的招數、最具毀滅力的武器，也許就在此刻，要成真了。

當計程車停下，麥可下車時，他心中也升起了一股奇妙的感覺。

同類。

這是一種與自己屬性相似，強度又足以與自己匹敵的，同類。

然後，麥可看見了地洞口那個全身傷痕、卻依然固執的拿著指揮棒的男人，忽然，麥可不自覺的笑了。

當年，錢爸邀麥可進入地獄遊戲時，麥可正身陷各方的誣陷中，就算擁有驚人的音樂天賦，他也選擇了像一顆爛蘋果般，鎮日躺在自己的床上，自我放逐。

直到，錢爸傳來的連續三百六十四通簡訊。

麥可第一個訝異的是，錢爸這人，為什麼能拿到他的電話？

而且，彷彿算準了麥可懶得看簡訊，所以一口氣傳了三百六十四通簡訊給了麥可，提醒了麥可這個訊息的存在。

然後，簡訊內容更是讓麥可失笑。

「我想邀請您加入地獄遊戲，因為您是我認為，現今最優秀的人類之一。」

「好笑。」麥可覺得這人瘋了，但內心又有一種奇妙的預感，這人看起來雖然瘋，但似乎瘋得有點能耐。

因為這人拿得到自己的電話，而且還能掌握自己看簡訊的習慣。

接著，麥可接到了那人的電話，麥可不但接了，還聽那個人說起了自己的女兒，說起了世界上出現一款超乎想像的網路遊戲，而真正讓麥可留上心的，則是這段話。

「根據可靠的證據顯示，那個網路遊戲裡面，可能存在著古往今來的神人與神魔，」錢爸說著流利的英文，「甚至是……古往今來最優秀的音樂者。」

「古往今來最優秀的音樂者？」麥可感到自己的內心一陣微微的悸動。

「對，或許貓王在那，或許披頭四也進入了遊戲，但如果這兩組人你沒興趣，可能你會想看看更古老的音樂高手。」

「更古老的？」麥可畢竟是一輩子活在音樂裡的人，他創造了流行音樂的典範，但所有流行音樂的母親，是更深沉、更雋永、更能流傳萬世的古典樂。「你是說古典樂嗎？」

「是。」

「像貝多芬、莫札特……」

「沒錯，我說的就是他們。」

「神經病……」麥可吸了一口氣，直接掛上了電話。

但麥可知道他心動了，如果真有那個遊戲，能看到古典樂的那些大師，與他們共同演奏譜曲，一定是酷到不行吧！

就算現在的自己，頹廢而可悲，但他知道自己對音樂的愛，仍深刻而巨大，那是足以凌駕一切的愛。

而當麥可後悔沒與這名叫做錢爸的台灣人多問一些詳情時，另一個讓麥可訝異的人撥了電話來。

「我是比爾。」

「咦？」麥可訝異，這世界上，有一個人在電腦界呼風喚雨，其權勢之大，絕對不亞於自己在音樂界的影響力。

「也許你不相信那個台灣人，這很正常，我一開始也不相信，只覺得他是一個滿腦子都是女兒幻想的怪人，直到他寄了地獄遊戲部分的程式碼給我……」比爾語氣專注而肯定。「我看了那個程式碼，就決定相信他，因為這絕對不是現在我們人類可以創造出來的遊戲。」

「喔？所以……」麥可詫異了。

「所以，這台灣來的爸爸，所講的一切……」比爾語氣肯定，「是真的。」

是真的？

「麥可，我聽過你最近的狀況……」比爾語氣轉為懇切，「如果能進入地獄遊戲中，何嘗不是一種改變？」

「嗯。」

「至少，你可以相信我，我不是來騙你錢的，哈哈哈。」比爾在笑聲中，掛上了電話。

「因為，老子可是一點都不缺錢！」

麥可拿著手機，沉默了。

這人似乎真的是比爾，而且以比爾的財力，的的確確，不希罕自己的財產。

看來那個台灣爸爸不只找了麥可，還找了比爾，換句話說，台灣爸爸挑選的對象，似乎都是人類世界的代表人物。

「該去嗎？」麥可玩弄著自己的手機，看著床頭櫃上那堆積如山、各形各色的藥丸，還有自己那個殘破不堪、連呼吸都會痛的身體……

也許，他是該去，去重新啟動自己的人生，更何況，那個遊戲之中，可能還有那些數個世紀以前，令他敬佩的音樂人。

「既然這樣，」麥可笑了，「就先來製造一個假死亡，把遺產分一分，然後專心的到地獄遊戲裡面，痛快的開始另一個人生囉。」

當麥可走下計程車，這一秒鐘，他笑了，笑的原因，是因為他已經肯定，這趟地獄遊戲之旅，他不會白來了。

那個拿著指揮棒、滿頭亂髮，但眼神卻和自己一模一樣的男人，就是他進入地獄遊戲的重要理由。

活在另一個世紀，曾經改變世界音樂的強者。

「合奏嗎？」麥可什麼都沒有說，只是吐出了這三個字。

「當然。」對方也沒有多說，只是回答了這兩個字。

然後，阿努比斯低下頭，訝異的看著自己手臂上的皮膚，竟然起了奇怪的反應。

皮膚上，是一粒一粒微小的突起，這微小的突起有一個特別的名字……

「雞皮疙瘩？」阿努比斯先是訝異，然後笑了。「哎啊，就算還沒開打，身體卻已經感受到氣氛了嗎？」

然後，貝多芬的指揮棒揮動。

靈波，順著指揮棒的尖端，在空中畫出了一弧又一弧美麗而充滿韻律的圓。

而麥可，則閉上了眼，雙手張大到極限。

他的雙腳開始輕盈的踩動拍子。

每一拍，都剛好與貝多芬的指揮棒完全吻合，彷彿與生俱來就屬於彼此的一種節奏。

當麥可每踏一下，大地、空氣，甚至是天空的雲朵，都隨之隱隱顫動一下。

「看樣子，會是場硬仗啊。」阿努比斯緊緊握住了手上的獵槍。「獵槍老友，你準備好了嗎？」

獵槍沒有回答，但微微發燙的槍身，似乎已經回答了阿努比斯的問題。

「H啊H，」阿努比斯微微笑著，「當你把靈核彈扔過來之時，你早就預見會有這樣的情況了，對吧？」

然後，節奏停了。

麥可來了，他緩緩的來了，帶著驚天動地的氣勢，帶著絕對無敵的霸氣，朝著阿努比斯來了。

音樂與阿努比斯的戰鬥，第二場，開始！

而就在這個時候，阿努比斯抬起了頭，因為他發現，原本晴朗的夜晚，一陣烏雲飄來，然後，竟然飄起了雨。

「雨中的戰鬥啊。」阿努比斯依然保持著豪氣萬丈的微笑。「這樣也許會更過癮哩。」

同樣的城市，同樣的一大片烏雲下，另一場戰鬥也正準備要開始。

少年H與白鷹，暗巷的對決。

也因為這場雨，而微微停住了。

「冷雨，」白鷹獰笑，「對擅長使用冰系攻擊的我來說，可是利多啊。」

「嗯。」少年H看著沉鬱的天空，「這雨看起來還會下一陣子，而且會越來越大。」

「所以，你怕了？」

「當然，」少年H微笑，「事實上，我很怕，對每一場戰鬥，每一個可能決定任何生命的關鍵點，我都很怕。」

「喔？」

「但是啊，怕是一回事，」少年H在雨中，右手在後，左手在前，擺出了武者的姿態，「是否要勇敢的選擇戰鬥，又是另外一回事囉。」

林口，四十五萬個玩家，密密麻麻數百場零星戰鬥，也都因為雨而稍稍發生了改變。

多數都是微微停住後，又繼續廝殺。

但仍有少數，原本佔了絕對優勢的一方，因為討厭冷冷的雨而決定不再追擊敵人。

「下雨好煩喔。」那優勢的玩家遮住了頭髮，「我原本帥氣的頭髮，要是因為淋雨而禿頭，怎麼辦？」

「下雨真討厭。」另一組優勢玩家嘆氣。「我得趕回去收晾在陽台的棉被，先不打了，你的頭顱就先寄放在脖子上囉！」

於是，有人逃過一劫，有人沒能逃過一劫。

而少年H與白鷹，阿努比斯與兩大音樂人的戰鬥，則仍在進行，在這場即將越下越大的夜雨中。

暴退。

暴退的，是阿努比斯。

綿延冰冷的雨水中，阿努比斯正躺在破碎的磚瓦堆裡，當鏡頭往後拉遠時，則可看見磚瓦來自一面半塌的牆壁。

鏡頭繼續拉遠，半塌的牆壁，原來是來自一棟塌陷的高樓，只是當鏡頭再往後拉遠……原來不止一棟高樓塌陷。

塌陷的，是超過二十棟，一大群的高樓，東倒西歪，彷彿被十級地震給猛力搖過。

只是，造成這樣場景的卻不是地震，而是兩個男人。

一個是透過指揮棒，能呼喚出一整組交響樂團的男人，貝多芬。

一個則是全身都是音樂細胞，跳起舞來，每個頓點都充滿力道的男人，麥可。

兩個男人攜手，立刻創造出宛如十級地震的毀滅場景，很強，真的夠強。

深陷在磚瓦內的阿努比斯，他慢慢起身，然後擦去嘴角的血，在這片灰色的雨中廢墟裡，阿努比斯看著前方兩個男人。

「只有一拳，就有這樣的威力？」阿努比斯拍了拍身上濕掉的灰塵，回頭看了一眼這大群崩塌的建築。

「對，這就是我們兩個音樂者合體的力量。」

「還真是不賴。」阿努比斯眼神綻放光芒，面對這樣的力量，阿努比斯可是從來不知道什麼叫做畏懼的。「但，就讓我來瓦解這個組合吧！」

「是嗎？現在的我們，可是強到連神都會害怕的呢！」說完，貝多芬手上的指揮棒再次揮舞。

又是一個澎湃雄壯的樂章。

而這些樂章，在大雨中，化成了各種形狀，朝著麥可飛去。

同時間，麥可開始往前狂奔。

他的狂奔，並非一般只是磨耗肌肉的瘋狂衝刺；他的狂奔，有節奏、有韻律，更有一種優美的音樂性，當貝多芬的樂章追上了麥可，兩者竟然完美融合在麥可的身上。

最後，更變化成一套完美無瑕的透明盔甲。

也就是這盔甲，讓麥可的速度陡然提升了五十倍，一眨眼，就來到阿努比斯的面前。

「這，就是音樂的戰鬥。」

阿努比斯才剛聽到這句話，他的胸膛就被麥可的拳頭轟到凹陷，然後伴隨著這股驚人的力量，阿努比斯被往後擊飛，沿路撞坍數十層大樓，在地上刨出一個長達百公尺的凹槽之後，他才終於停下。

「還，真是不賴。」阿努比斯緩緩起身，吐掉嘴裡的血，「兩種音樂完全合一，不只是速度而已，連威力都加強了好幾百倍，竟然快到連我的獵槍都來不及……」

阿努比斯的這句話還沒說完，忽然眼前一閃，又是麥可。

快到不可思議，他已經又來到阿努比斯的面前，然後，是一個溫和的笑容。

「很抱歉，為了阻止女神，我們會殺你！」麥可溫和的笑容，瞬間被數百枚拳頭給遮蓋，接著，所有的拳頭，就這樣全部都落到了阿努比斯的面門上。

拳頭的力量很強、非常強，全部擊中了阿努比斯，然後透過了阿努比斯的五官，通過阿努比斯的腦漿，繼續往下通過阿努比斯的後腦杓，最後，來到了地面。

剎那間，地面崩塌。

像是蜘蛛網般，以阿努比斯的腦門為圓心，瘋狂的往四周擴散，那裂痕，甚至綿延了將近一公里。

這樣驚人的破壞力之下，任何人類的腦袋，肯定都無法承受。

「阿努比斯，這不是你的錯。」麥可一如他在陽世之時，那樣的溫和。「你真的很強，只是，我們更強而已。」

當麥可站起，準備轉身時，忽然，他感覺身上的盔甲正在震動。

不安的震動。

「怎麼？」麥可皺眉，然後他抬起頭，看見了眼前的貝多芬正在嘶吼。

「阿努比斯！」貝多芬吼著，「你的對手是阿努比斯，他，絕對不是這樣就會喪命的怪物啊！」

嘶吼著。

他，絕對不是這樣就會喪命的怪物啊！

然後，麥可猛然回頭，他發現，他的身上，多了一個綠光點，綠光點後面還連著一條筆直的綠色光線。

麥可慢慢的、慢慢的順著綠光線往後看去，他發現，那綠光線的源頭，他很熟悉。

那是一顆眼睛。

一顆屬於阿努比斯，冷笑的左眼。

「吼！」這一剎那，麥可舉起了手臂，拳頭擰緊，拳心是透明迴旋的樂章之力。

他不知道這連結阿努比斯左眼的綠色光線有什麼威力，但他只知道一件事，只要他搶先一步，就可以把阿努比斯的腦漿打爆，這樣就不用管什麼左眼、什麼綠線了！

只是，阿努比斯怎麼可能讓麥可有機會打爆自己的頭，他笑了，然後低聲說了一句話。

「動手切吧，烏加納之眼！」

烏加納之眼，這曾經用來藏匿女神神力的三大聖器，剎那間湧現巨幅能量，但能量並沒有囂張的炸開，反而沉穩收斂的，灌注到了那條綠色光線之中。

巨幅能量順著綠色光線，一眨眼，就來到了麥可胸口的那個綠點上。

接著，麥可感到胸口微微一痛。

他的盔甲，就這樣被這宛如高能雷射的綠點，給硬是貫了進去！

阿努比斯以「烏加納之眼」傳送巨幅能量，成功反擊了麥可。

但，接下來大吃一驚的人，卻沒有換人，依然是……阿努比斯。

他對自己的力量向來有一定的自信。當年，他以自己的力量，結合埃及文明的科技與魔法，製造了三樣物體，這三項物體因為結構完美，後來更被女神挑選為藏匿神力的容器，它們分別是「烏加納之眼」、「安卡」，以及「聖甲蟲」。

當三者合一，所產生出的「金字塔」，更讓女神從沉睡中甦醒。

若非萬不得已，阿努比斯不會啟動這三項聖器，倒不是聖器本身有什麼缺陷，只是阿努比斯對自己的力量有自信，他相信自己不需要用到聖器，就可以解決大多數的對手。

但，麥可和貝多芬的合奏，一開始就展現的驚人力量與速度，終於逼得阿努比斯喚醒了手上的三聖器之一……

烏加納之眼。

這隻藏在阿努比斯左眼的眼珠，飽含驚人的綠光，能量充沛但不張揚，宛如雷射，其鋒利程度更凌駕現今所有的武器。

面對麥可與貝多芬合奏的音樂透明盔甲，阿努比斯打算直接用這雷射，將其完美切開。

然後，正式結束這場戰役。

只是，結果卻讓阿努比斯吃驚了。

因為，烏加納之眼的綠光雷射，雖然貫入了音樂之鎧，但，卻沒有將其貫穿。

雷射，這樣的武器，其實是一種極度高能的光，透過光的不斷折射，反射，折射，反射，將原本擴散撓屈的光，全部集中到同一個點，而那個點，看似微小，卻擁有數萬倍光面積的能量。

也因為小，所以集中，因為集中，所以破壞力極強。

這樣的能量點，竟然，沒有貫穿音樂之鎧？

阿努比斯吃驚之餘，隨即就懂了，因為，音樂之鎧已經產生了反應，然後展開了驚人的防禦。

宛如一首大膽卻又完美的合奏，所有樂章的能量，都集中到了雷射那一點的位置上，並製造了一個扭曲的空間。

就是這樣扭曲的空間，讓雷射最引以為傲的光，折曲了。

所以，光沒有貫入麥可的胸膛，反而在關鍵時刻，折了出去。

「厲害。」阿努比斯不怒反笑，「這音樂之鎧也太厲害了，竟然可以準確無誤的捕捉到綠點的位置?真是……」

但，阿努比斯沒有辦法把這句話說完，因為沒辦法將敵人一擊必殺的代價，馬上就來了。

那就是，麥可的拳頭。

左眼。

麥可的拳頭，這次瞄準的，還是烏加納之眼的位置。

轟，轟轟，轟轟轟，轟轟轟轟！

在宛如連續轟炸的拳勁之下，阿努比斯退得狼狽、退得慘烈，再次在地面上撞出一個百餘公尺的長痕，然後撞上了牆壁，才勉強停下。

「認輸吧。」麥可轉著拳頭，朝著阿努比斯邁步前進。「我知道你是埃及古神，但連續承受我和貝多芬的合奏，你也撐不了多久的。」

「嘿。」阿努比斯當然知道，這兩人合奏的力量實在太強了，他這副神打的身軀，竟然出現了無法復原的傷痕。

「你認輸吧，還可以留下一條命。」

「不行嘿。」阿努比斯搖了搖頭，再次抹去嘴邊的血跡。「因為我知道，如果我讓開了，你肯定會去台北，去找女神對吧？」

「是，你猜得很準。」

「以你們的力量，在女神面前當然不值一哂，但我還是不想讓你們過去……」

「為什麼？」

「因為這樣我很丟臉，」阿努比斯艱難的起身，臉上卻帶著戲謔的笑，「女神會問我，你怎麼會連這麼弱的對手，都擋不住？」

「我們，弱？」

「所以，我，絕對，」阿努比斯搖晃的站穩，然後拿出了獵槍，「不會讓你們過去。」

「喔。」麥可與貝多芬互望了一眼。

因為，他們都被此刻阿努比斯的模樣所震撼，現在的阿努比斯，雖然破敗而傷殘，但，他的決心，肯定是一首好曲子。

「以這傢伙的姿態，的確可以寫出一首英雄樂章，所以……」貝多芬手上的指揮棒再次舞動了起來，「麥可，我們再攻擊吧。」

「嗯？」

「英雄樂章最美的結局，向來只有一個，」貝多芬手上的指揮棒越是舞動，音樂之鎧就隨之散發強大光芒，「那就是，求仁得仁。」

「哈。」

「這傢伙還想站起來，」貝多芬眼中有著欽佩，也有著絕不妥協的殺氣，「那，我們就真的讓他求仁得仁吧。」

重拳，仍在轟擊著阿努比斯。

音樂，這美妙的東西，在地獄遊戲的催化之下，異變成了擁有強大力量的鎧甲，灌注到麥可的全身，讓麥可的拳頭，至少提升了五十個層次。

這一分鐘，當麥可與貝多芬兩大音樂人默契完美的這一分鐘，他們連神，都可以殺。

阿努比斯全身上下，被埋在如暴雨的拳頭下，三聖器之一的烏加納之眼，無法攻破音樂之鎧，更讓阿努比斯陷入前所未有的困境。

但，就算阿努比斯最後倒下了，他總會再次站起，不斷的站起。

而此時，麥可突然發現，自己的胸口出現了另外一個新的東西。

這次，不只是綠點而已，而是一個十字符號。

「這是什麼？」麥可低頭，對著自己胸口的符號，揮了揮手。「阿努比斯，你還有靈力出新招啊？」

「這是第二項聖器。」阿努比斯喘著氣，臉上是依然霸氣的笑容。「叫做安卡。」

安卡？麥可皺眉。

然後砰的一聲，阿努比斯的獵槍冒出了火花。

一枚子彈，從獵槍槍口噴射了出來。

「你的綠色雷射都割不開這音樂之鎧，你以為你的子彈有用嗎？」麥可搖頭，雙手張開，完全不抵禦。

砰的一聲，子彈果然射中了麥可胸膛上的十字，一陣小小的硝煙繚繞，麥可卻動也不動，只是冷笑。

「你的安卡，看起來是一種無限追蹤的武器，但這樣的武器，只限於你能夠傷害的對象，如果我根本不怕你的武器，又何來威脅性？」麥可搖頭。「阿努比斯，你在這時候亮出這樣的武器，難道真的窮途末路了嗎？」

「是窮途末路了嗎？」阿努比斯淡淡的笑了一下，然後左手一翻，手心上多了一個泛著綠光的物體。

仔細一看，那物體還會緩緩爬行。

「甲蟲？」麥可再次皺眉，心中不禁想著，這個阿努比斯的花樣還真多？

「是的，這叫做聖甲蟲，」阿努比斯全身滿是傷痕，「與安卡、烏加納之眼，就是屬於我的三聖器。當年，我就是靠著這三項聖器，將女神的靈力偷渡到地獄遊戲來。」

「嗯。」麥可搖了搖頭。「來吧，像你這樣意志力堅強的傢伙，不使出擊潰你的絕招，你是不會醒悟的吧？」

「當然，不過，前提是，你有辦法使出擊潰我的絕招！」阿努比斯左手上的聖甲蟲，這一剎那，陡然脹大成一團綠光，而且綠光如同一條游蛇，快速盤繞住阿努比斯的身體。

當綠光消散，阿努比斯身上已經多出了細雅的紋路，紋路間映著閃亮的光芒，這是一件盔甲。

宛如甲蟲殼般，堅硬、美麗，充滿霸氣的盔甲。

「很抱歉，阿努比斯，當我們兩大音樂者合作，」麥可再次往前衝去，那美妙而可怕的舞步，隨著他的腳步，只有一眨眼，就到了阿努比斯的面前，「就是無敵的！」

「無敵？」阿努比斯冷笑，這一秒鐘，他竟然選擇不動。

然後，麥可的拳頭，就這樣猛力轟入了阿努比斯的腹部。

這個足以摧毀一排高樓的怪力之拳，宛如一台瘋狂的鑽土車，帶著猛烈的旋勁，朝著阿努比斯的肚子直接鑽了進去。

「這次，我不只要把你打飛，乾脆把你的肚子整個絞爛吧！」麥可嘶吼，右拳不斷發勁，音樂之鎧的力量也不斷灌注了進來。

「聖甲蟲，」阿努比斯低頭，看著麥可的拳頭，在自己的肚子瘋狂肆虐，「其實就是你們口中的推糞蟲，古埃及的人看著聖甲蟲推著糞球，聯想到所謂的『日升與日落』，於是將此蟲奉為聖蟲。聖甲蟲的力量，更有如太陽的升落，就是極致的輪迴與修復的力量。」

極致的輪迴與修復的力量？麥可耳中聽到了這段話，心裡還沒完全聽懂，但眼前的畫面，已經讓他微微愕然後，懂了。

因為，他的拳頭，這個能輕易擊垮數百棟高樓的拳頭，如今，卻沒有擊穿阿努比斯的肚子。

薄薄的肚皮、柔軟的內臟，在如此強大的力量下，竟然沒有被擊穿？

「這是什麼？」麥可驚訝，「為什麼，你的肌肉正不斷的再……再生？」

「是，是再生。」阿努比斯露出微笑，然後手上的獵槍高舉，由上往下，對準了麥可的腦袋。「聖甲蟲也許沒有超高的防禦力，但卻有凌駕於防禦力的特質，就是所謂的無限再生，除非你的破壞力超過再生的速度，才有可能傷害到我。」

「聖甲蟲……」麥可喃喃自語。「古埃及的力量……果然厲害？」

「所以，乖乖受我一槍吧！」阿努比斯食指扣下了扳機，子彈頓時飆射而出。

只是，這一枚子彈，就算已將爆發力全部轉換為速度，仍然逮不住擁有音樂之鎧保護的麥可。

麥可在貝多芬的強大交響樂保護之下，輕輕一縱，竟然就躲掉了子彈。

「沒用。」麥可瞬間來到了距離阿努比斯數百公尺的地方。「你的聖甲蟲只能保護你不被我殺害，但未必能贏我。」

「是，這點我承認。」阿努比斯微微一笑，「但別忘了，你身上還有我另一個聖器的痕跡，安卡。」

「安卡？」麥可皺眉，接著，他發現，剛剛落空的那枚子彈，竟然在空中轉了半個彎，然後筆直的朝自己的胸口而來。

「這個安卡看起來是個十字，的確，它就像是一個攻擊標靶。」阿努比斯比著麥可胸口的十字。「無論你逃到多遠，我的子彈都會追著這個標靶跑！」

「追到了我，又怎麼樣？」麥可冷笑，他驕傲的挺起了胸膛，胸口那個十字，正對著飆飛而來的子彈。「你殺得掉我嗎？」

這句話剛說完，子彈就這樣正面擊中了麥可的胸膛。

火焰摩擦紛飛，但音樂之鎧不愧是音樂之鎧，在這一剎那自動啟動了防禦機制，有完美無瑕的音符保護，子彈所有的能量，都被排拒在外，最後，子彈只剩下一個彎曲的鐵殼，落到了麥可的腳底。

「果然如我所預料，子彈是殺不了你。」阿努比斯單手一甩獵槍，裡面的彈匣自動退膛，然後獵槍泛起了奇異的綠光。

綠光之中，獵槍的形態正在緩緩改變。

「改變獵槍的樣子，又能做什麼？」麥可傲然，而負責支援麥可的貝多芬也是搖頭。

「阿努比斯，你認輸吧，這完美的音樂盔甲。」貝多芬看著阿努比斯，「你攻不破的。」

「我一定會攻破。」阿努比斯手上的槍正在慢慢改變。「而且，我和你們說一件事，關於你們的音樂之鎧，最大的缺點在哪？」

「在哪？」

「所謂的音樂之鎧，事實上是貝多芬的演奏加上麥可的舞步，合奏出極致完美的鎧甲，這鎧甲能自動攻擊、防禦，還能大幅提升穿戴者的力量。」阿努比斯手上的獵槍，已經快要變形完成，其形態似乎差異不大，但上面多了一些按鍵，「但，你們有沒有想過，鎧甲只有一件？而且只有麥可可以穿？」

「啊？」麥可和貝多芬到此刻都懂了。

「是吧？吸血鬼貝多芬，你其實是赤裸的。」阿努比斯笑，霸氣的笑了。「我要破解音樂之鎧，只要殺了你就好，不是嗎？」

「所以……」麥可和貝多芬互望了一眼，這是他們兩個第一次合作，萬萬沒料到，還存在著一個這麼大的缺點！

「但，告訴你們一個好消息，我不打算直接攻擊貝多芬。」阿努比斯語氣堅定，充滿自信。「我要直接攻破音樂之鎧。」

「啊？」

「那枚臭靈核彈，肯定是H丟過來的，那他應該早就算出，兩代音樂強者會創造出驚人的武器，也就是音樂之鎧。」阿努比斯手上的綠光，開始慢慢褪去，而變化後槍的形態，也一點一滴的顯露出來。「所以，這是他下的戰帖。既然是他的戰帖，我就沒打算逃避。」

「沒打算逃避……」貝多芬與麥可赫然發現，眼前這個握著獵槍、笑容霸氣的男人，竟然變得好巨大。

這巨大並不是實際的身材改變，而是一種氣勢。

一個擁有無可動搖決心之人，所產生的氣勢。

「所以，來啦！」阿努比斯手上的槍一轉，形態完全確認。「H！我來接帖子啦！」

這一剎那，貝多芬和麥可更詫異了，因為他們看清了阿努比斯手上的槍的最終形態。

那已經完全稱不上是槍了，那上面有著一整排黑白鍵，還有一條皮帶，掛在阿努比斯的肩膀上。

「這是，手風琴？」麥可驚訝。

「所以，這是樂器？」貝多芬也詫異。

「對，」阿努比斯放聲大笑，「就讓我為了你們兩個跨越數個世紀以來，最偉大的人類音樂者，演奏一曲吧！」

林口，冷雨中的暗巷。

少年H正與白鷹荷魯斯對峙。

忽然，少年H沒來由的，嘴角劃過一絲微笑。

「你幹嘛笑？」白鷹怒吼，「你笑我想靠著雨打敗你嗎？還是因為我太帥了，應該是當主角的命，你害怕到笑了？又或者是因為我母親女神太厲害了，你想投降了？」

「對不起，都不是。」少年H伸出手，做了表示歉意的姿勢。「我在笑，其實和你沒關係。」

「啊？」

「那是因為我發現，那個老友懂我的意思，而且……」少年H搔了搔頭，「我可能不小心，把那個老友兼對手弄得更可怕了，哈哈。」

「你說，你剛剛的笑，和我沒……沒關係？」這一剎那，白鷹感到一陣怒意，瘋狂的怒意。

身為女神伊希斯獨子的他，向來就是備受尊崇，那些狂暴強大的埃及神獸，無論是冷漠的瑪特、瘋癲的眼鏡王蛇、冷豔的貓女，甚至是一方至尊賽特，都對他留有一分敬意。

除了阿努比斯，這個只能在地上爬行、卑微的臭胡狼，對白鷹最不理不睬，而這正是白鷹對阿努比斯感到憤怒的真正原因。

如今，這個少年H，竟然讓白鷹有了相同的感覺。

因為這人竟然在與自己對峙時，發呆想別的事？這，實在太過分了吧！

「是啊。」少年H笑了笑，繼續搔了搔頭。「我們剛剛說到了哪裡？啊，你說冷雨對你有利？」

「混蛋！竟敢不把我放在眼裡！」白鷹咆哮之際，兩邊巨大翅膀陡然展開，那美麗眩目的銀白色，頓時遮蓋了少年H全部的視線。「我會讓你知道，冰點的恐怖！」

「就說對不起了嘛。」少年H嘆氣，「我知道戰鬥中恍神有點不禮貌，但，我馬上就回神了啊。」

另一邊，阿努比斯手上的槍，已經變化完成，竟然是一台佈滿了黑白鍵盤的手風琴。

「你想用音樂擊敗我們？」貝多芬在這秒鐘，失笑了。「你可知道，我們是誰？」

「你認為我沒辦法用音樂擊敗你們？」阿努比斯也笑。「但你可知道，我是誰？」

「那就，見真章吧！」麥可動了。

然後，貝多芬也動了。

指揮棒後面，隱約成形的是一整團交響樂團，他們在指揮棒的揮舞下，演奏出了貝多芬生前最偉大的作品，第九交響曲。

這是神的樂章。

神的樂章，踏著輕盈而喜悅的步伐，注入了狂奔中的麥可的身體。

而麥可呢？

他的腳步，同樣跳起了他最偉大的作品。

「you are the world！」

那是對孩童的悲憫，對世界的憐愛，更隱含著對神的讚頌。

兩首節奏截然不同，誕生時代完全不同，宗旨卻隱然契合的歌曲，在麥可身上這副音樂之鎧，完完美美的融合了。

融合後，跟著誕生的是，巨大而宏偉的力量。

這是比剛才擊潰阿努比斯還要強上百倍的力量。

「全力以赴了。」貝多芬舞動著指揮棒。「我們為了對你表達敬意，阿努比斯，這一下全力之擊，就會讓你徹底死心。」

「是的，這是出盡全力了。」麥可越是狂奔，內心越無法控制的升起一股喜悅，那是音樂者，找到最美音符，演奏出超越極限的歌曲時，那種對生命的感動。

他們，突破了極限，來到了阿努比斯面前。

而，阿努比斯呢？

他用手指慢慢摸過手風琴，似乎還在確認著。「這是Do？這是Mi？」

神的樂章，強大的力量已經到了。

然後，阿努比斯像是鬆了一口氣，「對啦，好像是這樣彈的？」

狂奔中，麥可的拳頭已經舉起，就在阿努比斯頭頂三十公分的位置，拳心，竟然隱約出現了天藍色光芒。

可視靈波？他們兩個突破了自我的極限，跨過可視靈波的界限了？這表示，這拳的破壞力，恐怕十足的嚇人啊！

「開始彈囉。」阿努比斯閉上了眼，然後第一個音符，就這樣順著他的手指，浮了出來。

麥可的拳頭陡然轉彎，高速垂直下降，朝著阿努比斯的頭顱，只剩下危險至極的十五公分。

「這首歌，沒有名字，」阿努比斯閉上眼，「烏加納之眼。」

每彈奏出一個音符，就是一條柔滑的綠光從手風琴上穿出，這綠光似曾相識，因為就像是烏加納之眼的綠光雷射。

此刻，麥可的拳頭已經來到了阿努比斯的頭顱前，三公分。

綠光一條一條，順著阿努比斯手指的節奏，從手風琴中滑出，卻沒有一條擊中麥可，它們往外飛出，像一條一條美麗的綠蛇，在空中盤桓優游。

然後，一公分。

「聖甲蟲。」阿努比斯低語。

接著，零公分。

麥可的拳頭重擊到了阿努比斯的頭顱，頭顱幾乎解體，但又在下一個瞬間，開始再生。

「好樣的。」麥可的拳頭瘋狂的灌入他的音樂能量，包含了貝多芬的指揮棒狂舞，包含著足以震動天地的力道，透過了麥可的手臂肌肉，不斷的強灌入阿努比斯的頭顱中。「你要和我們拚，究竟是我們的攻擊夠強？還是你的聖甲蟲夠橫嗎？」

在音樂之鎧的瘋狂破壞與聖甲蟲的祝福下，阿努比斯的左半邊腦袋不斷破碎，然後又不斷再生，但這些卻都阻止不了阿努比斯按著琴鍵的手指。

還有，當他敲著琴鍵時，那溫和的微笑。

「對啦，就是這首歌。」阿努比斯笑著，手指間，那風琴的烏加納之眼的綠光，傾洩滑出，轉眼間，已有上百條綠光在空中環繞盤旋。「很好，最後一個音符了。」

最後一個音符了。

當阿努比斯的手指停住。

當最後一道綠光，從他的手指，透過手風琴滑出了琴鍵。

「最後一項聖器。」阿努比斯語氣溫暖，就算左半邊的臉，正不斷破碎與再生。「安卡，終於到你了。」

「安卡？」

忽然，麥可聽到了貝多芬的低呼，一股直覺，讓麥可緩緩低下頭，看著自己的身上。

十字。

好多十字。

上百個發出幽幽綠光的十字，密密麻麻，或大或小，散佈在自己的身體各處。

「請你們兩個人類史上最偉大的音樂者，」阿努比斯的臉，有著霸氣，也有著溫和的笑。
「聽一聽我第一次演奏的音樂吧！」

然後，下一剎那，貝多芬狂吼。

麥可則吸了一口涼氣。

因為，所有在空中盤旋的綠光，都下來了。

飽含著烏加納之眼的能量，舞動著阿努比斯歌曲的節奏，每一條綠光，找到了自己的安卡、自己的攻擊位置，下來了。

「吼。」麥可急忙收回拳頭，他不能再浪費一點音樂之鎧的能量了，光是一條烏加納之眼的綠光雷射，就要耗盡音樂之鎧的全力才能防禦，如今卻一下子出現這麼多條！他要讓所有的能量回來！他要保護自己！因為，下來了。

它們，全部都下來了。

在麥可與貝多芬化成片片道具，死在地獄遊戲以前，他們是微笑著的。

因為他們是在音樂中喪生的。

這音樂，是阿努比斯的故事。

在音樂中，在不斷轟擊的綠光中，在接連不斷、但又有著一首歌曲旋律的轟擊中，麥可與貝多芬聽到了一首歌。

那首歌，從地獄列車開始，阿努比斯努力當個稱職的車掌，保護亡靈這趟引渡過程，卻遭到強大的力量介入，掀起了戰爭。

然後，地獄遊戲登場，各方神魔到來。

而中間出現了一個少年H，他的勇敢與正義，讓阿努比斯感到安心與欣慰，亂世中，再也沒有比一個真正夥伴更令人開心的。

接著，法咖啡的笑容出現，她依賴著阿努比斯，又是阿努比斯最棒的助手。

之後，法咖啡昏迷，阿努比斯追到了斐尼斯團的地盤，救活了這個女孩。

只是，這女孩背後一個更大、更神秘的力量現身了。

守護這股力量，是阿努比斯生存的意義，但這股力量的誕生，卻破壞了阿努比斯欣賞與喜歡的一切，包含了少年H，與那個叫做法咖啡的女孩。

音樂中，聽得出阿努比斯內心的掙扎，好劇烈的掙扎。

但，信念在最後一刻，堅強的戰勝了情感。

為了這個信念，阿努比斯不惜讓法咖啡的意志被女神併吞，不惜與自己的夥伴對戰。

都是為了信念。

但也都充滿了掙扎、猶豫，與對夥伴及女孩的憐惜。

這就是阿努比斯，這就是阿努比斯的歌，這就是這個英雄的悲愴之歌。

麥可與貝多芬終於笑了，他們創作了無數感動人心的歌曲，這首阿努比斯的歌也許拙劣，也許難登大雅之堂，卻誠摯而感人。

在這樣的歌曲下喪生，似乎也沒什麼不好啊。

當歌曲結束。

當一條一條綠光散開。

麥可與貝多芬已經不在了。

戰場上，除了倒在地上，因為血緣珍貴，刻意放過他一馬的混血之外，只剩下一個人。

他，正是這場豪戰的最後勝利者，阿努比斯。

他慢慢的走著，踏過了麥可與貝多芬噴出的眾多道具，他彎身，拿起了其中一個道具。

那道具是一片CD。

CD上寫著：「貝多芬與麥可，跨世紀偉大合奏集，建議售價三百元。」

「嗯。」阿努比斯拿起了這張CD，然後露出了滿足的笑。「這，真是一張好CD，真的，是一張好的CD。」

然後，阿努比斯右手將獵槍扛上了肩膀，左手拿著那片CD，就這樣，踏著夜雨，慢慢的離開。

慢慢的離開了。

「越來越精采了。」

台北火車站內，兩大閒人，兩大強者，繼續對戰況進行八卦聊天，現在說話的，是一直都很八卦的土地公。

「你是說，我們家的阿努比斯擊敗兩大音樂人的事嗎？」回話的，是原本身為一個為愛情守候的漢子，現在也淪為報告劇情的八卦者，賽特。

「正是。」土地公點頭。「阿努比斯原本對音樂一竅不通，卻能擊敗兩大音樂者合一創造出來的音樂之鎧，這表示阿努比斯又進步了。」

「嗯，他的三聖器合體，表現真的很好。」賽特沉吟。「原本就有女神當靠山的他，如今再次進步，少年H那一方豈不是很難贏嗎？」

「當然，不過，以我對H的認識，也許，除了贏，還有其他重要的事。」

「除了贏，還有其他重要的事？」

土地公慢慢的抬起頭，吐出了長長的一口氣。

「那就是夥伴。」土地公淡然一笑，「少年H明明知道，讓阿努比斯成長，對勝負非常不利，但他還是選擇了這條路，我只能說，這傢伙真的是傻瓜。」

「聽起來，你還不討厭這樣的傻瓜啊？」

「當然，」土地公笑，繼續吃著滷味，「如果這地獄之中，沒有了傻瓜，實在太無聊了啊！」

第五章　冰冷的巷子，那個人的託付

遠處，在少年H與阿努比斯兩大戰局之外，有一個同樣驚險且重要，偏偏被隱藏的戰鬥，正悄悄的展開。

人群中，正踏著優雅步伐前進的吸血鬼女，忽然停下了腳步。

「小桃，」吸血鬼女語氣平淡，卻帶著一股讓人不得不遵循的威嚴，「妳先走。」

「啊？」一旁的小桃，露出詫異的表情。「吸血鬼女？」

「我們，被人跟蹤了。」吸血鬼女閉著眼，「敵人在我們後方二十公尺處，她至少已經跟蹤我們十分鐘了。」

「嗯，那我們為什麼不乾脆甩掉她？」小桃眨著大眼睛。

「甩不掉。」吸血鬼女語氣慎重。「我至少已經嘗試了三種路線，四種步調，還透過各種方式掩護，但……她始終穩穩的保持在我們的後方二十公尺。」

「所以……」小桃表情微微改變，「對方很強？」

「很強。」吸血鬼女的答案只有篤定的兩個字。

「那我怎麼可以留妳一個人？」小桃皺眉。

「不，妳誤會了，我讓妳先走，不是要妳留我一個人。」吸血鬼女慢慢的轉過頭，在人來人往的市區人群中，一雙眼睛，穩穩的，與吸血鬼女對望。

那眼睛，就藏在兩片明亮的鏡片之後，閃爍著精準與美麗的光芒。

「那是？」

「帶夥伴來。」吸血鬼女吸了一口氣。「在我被她擊殺之前。」

「擊殺妳？對方……這麼厲害？」小桃咬牙。

「嗯。」吸血鬼女轉過身子，一個女子從人群中現身，她身穿俐落的墨綠色 OL 套裝，美麗且專業。

「吸血鬼女？」對方笑著。「聽說妳是獵鬼小組中最擅長戰術的，很巧，我對戰術也有些鑽研，我們剛好可以切磋切磋。」

「妳是誰？」吸血鬼女雙拳握緊，從剛才的追蹤開始，就有一種預感告訴她，眼前這女子很強。

一種與自己有著相同氣味的強，精密且幹練，完美無缺的強。

「我是古埃及的獸神，」對方微笑，「我叫做瑪特。」

「埃及的古神中，有妳這樣厲害的角色，為什麼我從沒聽過？」吸血鬼女拚命壓抑內心翻湧的恐懼。

「因為我討厭惹麻煩，所以很低調，當然，還有另外一個原因。」瑪特微笑。「那就是我很小心，和我交手過的敵人，通常都死了。」

「死了？」

「死了，就不會有人洩漏我的身分啦。」瑪特往前走了一步。

這一剎那，吸血鬼女彷彿見到了，瑪特腳底下的影子，分成了好幾個，往四面八方擴散而去。

「小桃。」吸血鬼女單腳往地上一蹬，伴隨著地面柏油路被壓陷的腳印，她已經化成了一道銳利的黑箭，朝著瑪特疾射而去。「逃！」

「啊！」

「逃，然後帶夥伴來！」吸血鬼女怒吼聲中，她急速的身影已經來到了瑪特的面前，一個優雅的空中轉身，背上鋒利的翅膀展開，宛如雙柄高低黑刃，朝瑪特的身體旋了過去。

「沒機會的。」瑪特眼神銳利，右手往前一托，手心，陡然出現一個天秤。「因為妳們的對手是我。」

小桃則開始發足狂奔，她雖然不懂，一直以來給人無比自信、冷傲的吸血鬼女，為何會這樣害怕？

但她很清楚知道，自己唯一能做的，就是開始狂奔。

她的腳底瞬間浮現冰橇，冰橇底下湧現大量冰雹，透過冰雹的超低摩擦力，讓小桃開始在人群中蜿蜒高速滑行。

只是，當她對自己的速度充滿自信之際，她聽到了一個聲音。

於是，她回了頭。

接著，眼睛陡然睜大。

母獅？

這就是她失去意識之前的，最後兩個字。

冰冷的雨，不斷滴落。

落到的，不只是屋簷、地板，還包括了人心。

這場決定地獄遊戲未來命運的「黑蕊花」爭霸戰，伴隨著大小集團不斷上演的衝突，因為雨，而微微冷了下來。

所有人的目光，再次回到了那幾場主戰役上面。

其中一個，正是暗巷之中，剛剛逆殺了孔雀王，卻必須對上少年H的白鷹。

「我是來實現妳願望的。」少年H低下頭，溫柔的對鍾小妹說。「我會狠狠地，教訓這隻白鷹。」

「憑你？」白鷹帥氣的臉，露出猙獰的殺意，「你可知道我是誰？你可知道這場冷雨對我有利？」

「我都知道。」少年H右手負在後面，左手朝前，擺出了一個「武禮」的姿態。「但這些都無法阻止我，打算教訓你的決心。」

「找死啊！」白鷹咆哮，雙翅舒展開來，那美麗的銀白色羽毛上，開始凝結點點的冰藍色光點。「去吧！冰點攻擊！」

白鷹一聲怒吼之後，所有的冰藍色光點，開始往前飛行，加速，朝著少年H而去。

在高速的空中，所有的冰點不斷膨大，最後化成了一根又一根的冰錐，直衝著少年H射來。

「太極。」少年H左手再次一轉，曾經擊敗眼鏡猴的旋勁再度現蹤。

只見那數十根的冰錐彷彿被一股巨大的力量牽引，繞著少年H的掌心轉動，直到少年H輕輕一推。

所有的冰錐，竟然同時轉了頭。

接著，面對著創造出它們的主人，白鷹荷魯斯。

「呃。」白鷹表情訝異，長年在埃及稱王稱霸的他，何曾想到有如此奧妙的運勁法則？

下一刻，所有的冰錐同時朝他狂飛而去，炸開，彷彿火藥爆炸，只是這次的火藥不是耀眼的紅黃色，而是冰冷的雪白色。

然後，在四散紛飛的雪塊中，一個黑影猛然衝出。

這黑影速度極快，力量之強，彷彿懷著一種屈辱般的憤怒，朝著少年H而來。

「哎啊。」少年H淡然一笑，「要親自出手了嗎？」

「冰錐會被你控制！那我就親自化成冰錐！」那黑影不是別人，正是白鷹荷魯斯，他收攏了雙翅，擺出了老鷹從高空俯衝的姿態，朝著少年H衝來。

這一路衝，他身上也不斷閃爍著藍冰色的光芒，代表白鷹正用強大的冰系能量，將自己包裹起來。

高密度的冰，高速的俯衝，此刻的白鷹已經不是天空猛禽，而是一枚讓戰車膽戰心驚的絕命殺手……穿甲彈！

「親自化成冰錐嗎？」少年H依然是那優雅的姿態，「觀念正確，只是……你好像有點低估我的太極卸勁囉。」

說完，那枚白鷹化成的冰之穿甲彈已經衝到了少年H的面前。

但，就在下一刻，白鷹突然感到些許的不對勁，因為他發現自己的頭撞到了東西，用力穿了過去，但穿過的，似乎不是他預想中柔軟的血肉，而是更堅硬的另一個物體。

「可惡。」白鷹急忙停止旋轉，解開冰錐的狀態，他才發現，自己的頭正埋在牆壁中，還把牆壁貫坍了一半。

他到底什麼時候轉向的？就在他快要貫破少年H身體的那一剎那，到底發生什麼事？

而讓白鷹感到更惱怒的，是少年H正轉頭和一旁的女孩說著什麼事情，而那個一路幫助孔雀王躲過重重追殺的女孩，竟然停止了哭泣，嘴角甚至笑了一下。

可惡！那是在笑我嗎？那是在笑我頭撞入牆壁的蠢樣子嗎？

「你在取笑我嗎？你們在取笑我嗎？」白鷹怒吼，再次轉身，全身冰粒再次閃爍，又是一個化成冰錐的過程。

「當然不是啦。」少年H揮了揮手，一笑。「在戰鬥中取笑別人，可是和不專心戰鬥一樣，很失禮的！」

「很失禮？很失禮？」白鷹全身冰粒凝聚完成，又是一個高密度的破壞武器。「可是，這兩件失禮的事，你剛剛都做了啊！」

「呃，是嗎？」少年H抓了抓頭，眼前，又是那冰藍色的高速冰錐衝來。

這次，白鷹終於看清楚了，少年H是如何用一隻手瓦解白鷹自以為天下無敵的攻擊。

那隻手，在畫著圈子。

當冰錐的尖端逼近了少年H，少年H便手掌輕舞，繞著冰錐的尖端開始轉動，不只轉動而已，少年H的身體更隨著冰錐而前進。

直到旋勁已經完全化解了冰錐的速度，少年H只是再輕輕一帶，這白鷹化成的冰錐就這樣完全的搞錯了目標。

朝著旁邊最近的牆壁，一頭撞了進去。

「吼！」白鷹再次從殘破的牆壁中站起，當他身上的灰塵撲簌簌的落下，一臉狼狽之際，他又看見了少年H與鍾小妹在竊竊私語。

而且這次白鷹看得可清楚了，少年H比著白鷹，指指點點。

「還說，還說你沒有取笑我！」白鷹尖啼，他已經氣到腦漿快要爆開了。「還說你沒有！」

「不是笑你，真的。」少年H搖頭。「我是在和鍾小妹提起，曾經有一個人託付我，如果可以，請我救他二兒子一命，而我發現，也許現在正是一個機會。」

「什麼機會！我什麼機會都不會給你啦！」白鷹尖叫，這次，他不再將自己化成冰錐。白鷹雙翅再次展開，而且正當所有人以為他的翅膀已經伸展到了極限，他的雙翅竟然又繼續往外展開。

最後，翅膀竟然已經大到足以遮蔽整個暗巷天空。

「這是？」少年H抬起頭，這一對巨大的翅膀，展現了驚人的氣勢，一種絕招就要現世的氣勢。

「翅膀下，生靈破碎！」白鷹嘶吼，「給我下雪吧！翅膀下的世界！」

雪，來了。

這次沒有密如雨的冰刃，也沒有白鷹自己化成的冰錐，這次，就是雪而已。

「這樣的雪，有殺傷力嗎？」一旁的鍾小妹自言自語。

「也許關鍵不在雪。」少年H與鍾小妹互望了一眼，就在兩人眼神交換的瞬間，這兩個聰明絕頂的人，似乎都想通了。

關鍵的確不在雪，而在下雪會帶來的另一個風險。

那，就是溫度。

「這招可是我母親親自教我的，她說，我只會蠻幹，就怕遇到你這種超會閃躲的對手，於是替我想了一招不用蠻幹也會贏的招數。」白鷹浮在半空中，遮天蓋地的翅膀下，雪如雨，不斷的飄落。「不過這招很耗靈力，所以不能常用就是了。」

「好冷。」鍾小妹低語，她的靈力沒有少年H渾厚，已經開始感覺到手腳冰冷了。

「嗯。」少年H也可以感覺到溫度正在快速下降，連他都微微感到寒意了。

「零下三十度了。」白鷹像是哼著歌般數著溫度。「怎麼樣？還笑得出來嗎？」

巨大翅膀下，雪仍在飄落。

溫度，在冷雨之中，正瘋狂的下降著。

「冷，好冷。」鍾小妹嘴唇已經泛白，她手指在手心快速寫動，一個火字在雪地中出現。

但這個火卻只出現了半秒，隨即就轉為黯淡，像是熄滅般消失了。

「妳以為妳那一點靈力，可以抵抗我的這片冰雪嗎？」白鷹冷冷的說，「這招可是所謂的無差別攻擊，因為沒有任何的特定攻擊對象，等於所有人都被攻擊到了。」

「呼。」少年H手一揮，「對應的方法也不是沒有啦，先試試看第一種好了。」

說完，在少年H的手心，出現了一團帶著旋勁的能量球。

「喔？」飛在空中，展開巨大翅膀的白鷹冷笑了一聲。「想攻擊我嗎？」

「正是！」少年H左手再旋，然後用力朝著白鷹拋了過去。

只見這靈球，飛過了片片的白雪，精準的往白鷹飛去。

這顆靈球帶著強烈的旋勁，將飛行路線上的所有白雪都捲了進去，短短的數十公尺路程，竟然捲出一枚直徑超過十公尺的超大雪球。

雪球在空中轟隆滾動，直轟向白鷹。

「沒用的。」白鷹冷笑，他的面前，突然出現了一大片不透明的冰壁。

雪球砰然擊中冰壁，冰壁破碎，白鷹竟然消失了。

而那些散落的冰壁碎片中，每片都映著白鷹的身影，偏偏就是沒看見白鷹的本體。

「果然沒用，和我猜的一樣。」少年H沉思，周圍的雪片片落下，溫度如同溜滑梯般高速下降著。「要打出無差別的攻擊，首要目標是護住攻擊者的身形，你剛剛提到這招是女神想的，我知道她一定會想到這點。」

轉眼間，地上積雪的高度已經超過了少年H與鍾小妹的膝蓋，而雪地上到處豎立著片片冰壁，每個冰壁上，竟都折射出白鷹的身影。

這些身影，同時咯咯的冷笑著。

「是，這招叫做萬影冰壁，每個冰壁都有著影子，等你把所有的冰壁都擊碎，早就被我活活凍死了。」白鷹獰笑。「讓我繼續替你們進行死亡倒數吧，現在可是零下一百五十度。」

「一……百五……十度？」鍾小妹整個臉色已經從白色褪為青藍色，表示她逼近了極限。

「沒錯，你知道極致的低溫是什麼嗎？」白鷹說著。「那就是零下兩百七十三度，也就是人類口中的『絕對零度』，到了絕對零度，所有的分子甚至會因為失去了熱能而停止運動，換句話說，那是一種絕對的靜止，也是一種……絕對的毀滅！」

絕對的毀滅！絕對的零度！

「絕對零度？」鍾小妹喃喃自語，她的意識已經快要被這恐怖的低溫給吞噬。

鍾小妹想起，哥哥鍾馗曾經說過，鍾小妹的聰明才智能讓她在戰場上立於不敗之地，但她最大的天敵，將會是那種靈力極度渾厚、又同樣聰明之人。

白鷹天生靈力渾厚，加上這招可是女神親自設計，等於力量加上聰慧，這樣的組合，的確完完全全的剋住了鍾小妹。

「可惡，我快、快撐不住了，笨孔雀，都是你害的，都是你……」而當鍾小妹快要失去意識、語無倫次之時，忽然，她感到背心被一股力量輕輕壓住。

這力量有著寬闊而溫暖的觸感，而這些觸感順著鍾小妹的肌膚，滲透入了她的四肢百骸，不用一會，鍾小妹的身體就暖了起來。

鍾小妹何等聰明，馬上就知道是誰對她伸出了援手。

「天師……溫度正不斷下降，你該留些元氣撐過這招，而不是浪費在我身上……」鍾小妹語氣感激。

「對夥伴，沒有什麼浪費不浪費的。」少年H溫和一笑。「要活，就要一起活下去。」

「嗯。」鍾小妹閉上了眼，感受著少年H的靈力，正透過自己的背脊，蔓延到全身。

這靈力不強烈，淡薄的、寬闊的，乍看之下宛如水的平面，但仔細去感受，卻可以看見平靜的水面下，蘊藏著比誰都更堅強、更深邃、更溫柔的力量。

鍾小妹知道，再也沒有比這樣直接的靈力灌注，更能完整的表示出此人的性格。

這就是少年H。

中國數百年來的武術宗師，地獄之中被群妖景仰畏懼的強者，也曾經是鍾小妹進入地獄遊戲之前，最想見到的對象。

鍾小妹閉著眼，她享受著少年H靈力的溫暖，這就是她一直想要的嗎？這就是她渴望的對象嗎？

突然，鍾小妹想到了孔雀王。

孔雀王，這個笨蛋，是不是也曾將靈力灌注到自己的體內？

對，那是在與女神對戰時，兩人攜手逃亡的那次，當時的鍾小妹空有一身技巧，卻缺乏渾厚的靈力支撐，孔雀王這笨蛋曾把自己的靈力，毫不保留的灌入鍾小妹體內，更因此逼出了鍾小妹有史以來最強的一擊「燚」之鳳凰。

也是因為這一招，才能讓這兩人成為唯一能逃出女神掌心的挑戰者。

回憶起這一切，鍾小妹眉頭微微皺了起來，因為比起少年H的靈力，孔雀王的力量實在太粗魯了。

超粗魯、超暴力，一點都沒有顧及到鍾小妹是否能承受這樣強大而暴力的靈力，不管三七二十一就這樣灌進來。

真是笨蛋。

但鍾小妹此刻，眼角卻微微濕了，她發現自己竟然在這片冰雪中，懷念起孔雀王那粗魯得要命的靈力。

因為粗魯，所以熱情，因為亂來，所以不加掩飾，因為真誠，所以毫不保留。

原來，會讓自己感動的，不是少年H這種很成熟、很內斂深沉的男生，而是像孔雀王這樣，粗魯得要命的笨蛋。

「唉。」鍾小妹搖了搖頭，而就在她回想自己真正的心情點滴時，她聽到了白鷹尖銳的冷笑。

「零下兩百度了，」白鷹冷冷的說，「距離絕對零度只剩下最後的七十三度了，兩位，有什麼遺言可以對我說，我會把它寫進我的日記裡面，然後標上，人生最爽快的一件事之一！」

「天師……」鍾小妹全身早已失去了行動能力，全靠背部少年H手掌灌注而來的溫暖靈力。

「別說話。」少年H笑著，周圍的低溫都因為這微笑而溫暖起來。「說話會消耗靈力，現在可是非常時期。」

「但……」
「要記得我和妳剛剛提過的，關於孔雀王的。」少年H眨了眨眼睛，「因為只有妳曾經直接承受過孔雀王的靈力，所以妳最能捕捉到『那東西』，等到妳確定了，再和我說……」
「你確定嗎？天師。」鍾小妹看著少年H，「其實我沒有把握……」
「我對妳有信心。」少年H微微一笑，「『那東西』一定在，如果不靠那東西，在時間這麼短、溫度下降這麼快的情況下，我們恐怕破不了萬影冰壁這招。」
「嗯。」
「放心吧。」少年H語氣轉為溫和，像是一個大哥哥，在鼓勵著膽怯的小妹妹。「我們一定會成功的，我們一定會戰敗這頭白鷹的，我保證。」
我保證？
這剎那，鍾小妹再次笑了。
因為她突然懂了，為何這些日子以來，少年H的背影會讓她如此記掛了，這不是男女情愛的喜歡，而是因為少年H讓她想到了……哥哥。
對，鍾馗哥哥，每次在鍾小妹感到畏懼之時，也是這樣鼓勵她的。
「那……」鍾小妹低語，「我試試看。」
「嗯。」少年H再次溫和一笑，而這次的笑容，又再次讓鍾小妹感到感動，彷彿，鍾馗哥哥，從未離開她的身邊。

同一時間，鍾小妹與少年H的耳邊，那成千上萬個大小冰壁，又傳來了白鷹的聲音。

「零下兩百六十度了，」白鷹狂笑著，「可以開始倒數啦，等到兩百七十三度的時候，這場戰役就結束了。」

「『那東西』的屬性與冰點完全相反，越是低溫，它應該越容易找到。」少年H再次開口了，「鍾小妹，請加油。」

「好。」鍾小妹閉上了眼，她要感受到它，因為少年H說，「它」肯定就是破解萬影冰壁的關鍵。

它的屬性和白鷹的冰點相反，冰點是將所有的分子逼到停止，而那東西，則是將分子活化，然後進而將其引爆。

「距離絕對零度，還有十三度。」白鷹獰笑。

如果少年H剛剛和白鷹交手的感覺沒錯，那東西一定還在白鷹身上。

「還有十度。」

那東西還在，就表示那個笨蛋還沒有死，對，他雖然中了伏擊，整個身體被冰點轟到破碎，但他卻仍留下最後一線生機。

「還有五度。」

而那一線生機，就是少年H口中，最後的機會。

「還有四度。」

因為屬性相反，所以越是低溫，她越能感受到，越能……為什麼？到現在她還感受不到？

「還有三度。」

「為什麼！」鍾小妹突然放聲大喊，「你這個笨蛋！笨蛋孔雀！我已經這麼用心找你了，你為什麼，還不給我出現！」

為什麼不給我出現！

「還有兩度……」

就在這一剎那，鍾小妹感覺到了，在幾乎不確定的情況下，她感受到了，在距離最近，是的，最近的冰壁上，那細微、脆弱、幼小，但又惹人憐愛的紅點，正在發熱。

「還有一度！」白鷹咯咯的冷笑著，「剩下最後一度了啦！」

「少年H！」鍾小妹大喊，「在那裡！那個東西在那裡！孔雀王剩下的最後一片羽毛，就依附在那片冰壁的白鷹身上！」

孔雀王剩下的最後一片羽毛，就在那一片冰壁裡！

「就——」少年H動了，他雙手凝聚出一團極度驚人、黑白雙色互混，超高級可視靈波的太極靈球，「等妳這句話啦！」

只見少年H一個飛躍，身體在空中橫向轉了一圈，然後雙手將那枚靈球，精準的、暴力的、毫無瑕疵的，朝著那塊冰壁轟了下去。

「零……」那冰壁中的白鷹，最後一句話沒有喊出來。

因為，太極旋勁已經降臨，冰壁瞬間破碎，不只是破碎而已，因為這些碎片原本可能成為白鷹繼續逃脫的掩護，但太極靈球的威力豈止如此，強大的旋力，又將所有的碎片扯了回來，繼續絞得更碎，將白鷹的靈力扯得更為脆弱。

於是，白鷹的冰壁就這樣被打散，扯回，絞碎，再打散，再扯回，最後再絞碎。

任憑白鷹多蠻橫，在靈球的猛攻下，也終於顯露出了原形，最後，跪在地上呼呼的喘著氣。

「可……可惡……可惡……」白鷹全身的靈力被少年H的靈球這麼一絞，已經蕩然無存，不只是他跪在地上喘氣，天空的那對大翅膀也同時消失，而溫度也瞬間從恐怖的絕對零度，一下子就回到正常的室溫。

溫度瞬間回升，就算此刻正落著冰冷的雨，鍾小妹還是覺得溫暖得想要脫下外套。

「為什麼……」白鷹看著少年H，那雙曾經驕傲的眼睛，此刻已然黯淡無光。「你們……會發現我的位置？」

「你將冰壁設在離敵人最近的地方，是一個非常聰明的做法，我猜這是女神想出來的吧？」少年H淡然一笑，「但女神一定沒有料到，你剛剛殺敗的那個敵人，會將最後一線生機，藏在你的背部吧？」

「我剛剛殺敗的敵人？將最後一線生機，放在我的背上？」白鷹愣住了，「你是說……

那個孔雀王？」

「正是他。」少年H慢慢的蹲下，從白鷹的背上，拿下那片已經被凍到零落的小羽毛。羽毛上面微微映著雨光，透露出孔雀獨有的色彩。

「為什麼？為什麼這傢伙會把最後一線生機，放在能殺敗他的敵人身上？」白鷹滿臉困惑。

「因為短時間來說，那裡是最安全的地方，」少年H微微一笑，「只要能爭取到一些時間，就可能被救回，這一招算是很漂亮，但事實上情況和你有點像，這也不是孔雀王想出來的。」

「啊？」

「這是濕婆囑咐孔雀王所做的。」少年H閉著眼，回想起數日前與濕婆的那一役，事實上，少年H之所以逃過一劫，靠的是象神讓濕婆手下留情，只是，濕婆又給了少年H一個要求，那就是未來要救孔雀王一命。

為了救孔雀王，濕婆不惜將這個秘密告訴了少年H。

那就是……孔雀王若瀕臨死亡，一定會在最後一刻，將最後的生命希望，藏到敵人的背上。

「原來，說穿了，這根本就不是孔雀王對白鷹，其實依然是濕婆與女神的交鋒嗎？」鍾小妹輕聲說，「掌管印度與埃及的兩大神祇，果然完全不能小覷啊。」

這時，虛弱的白鷹又開口了。「可是我不懂……就算你知道孔雀王把生機藏到我身上，又怎麼能感應到它？它為了怕敵人發現，肯定微弱無比啊？」

「呵呵，這就要靠鍾小妹了。」少年H轉過頭，「因為她曾經承受過孔雀王的靈力，所以她才能順利捕捉到那藏匿在你身上的羽毛。」

「是這樣嗎？」白鷹說到這，忽然往後一躺，注視著天空中，不斷滴落的冷雨。「真的輸了。」

「嗯。」

「一場看似簡單的戰鬥，原來這麼複雜啊。」白鷹注視著天空，然後吐出了長長的一口氣。「原來，戰鬥除了強與弱，還包含了這麼多東西，包含了前場戰鬥的遺跡，包含了精密的計算與鬼謀，甚至，包含了戰鬥者彼此間的鬥智。」

「其實還有一件事。」

「什麼事？」

「就是孔雀王最後求生的意志，這份意志，其實是來自人類的一種情感。」

「什麼情感？」白鷹問。

「你自己想想吧？」少年H微笑。「當你擁有了這樣的意志，也許，下次要擊敗你，就沒有那麼容易了。」

「啊……」白鷹沉思之際，少年H已經轉身，小心翼翼的拿著那殘破不堪的孔雀王羽毛，遞給了鍾小妹。「喏，給妳。」

「給我？」

「對啊，請妳帶著這羽毛，用最安全的方式，去找印度古神。」少年H語氣溫柔。「我相信，印度古神會有讓孔雀王恢復元氣的方法。」

「嗯。」鍾小妹雙手小心的捧著那羽毛，心情好複雜，同時欣慰著孔雀王沒有死，但又因為發現自己真正的心情而感到羞怯。

「這任務交給妳最適合了，畢竟，你們一起共度過那麼多患難。」少年H微笑，轉身就要走。

「天師，你要去哪？」

「接下來，我得去下一個地方了，我得把黑蕊花交給比爾和貓女，然後再研究出黑蕊花真正的力量了。」

鍾小妹歪著頭看著少年H離開的背影，忽然，她開口問了。

「天師。」

「嗯？」少年H側過頭。

「其實，面對萬影冰壁，除了靠孔雀王的羽毛外，你應該還有其他方法可以破解吧？」

鍾小妹注視著少年H的眼睛。

你一定還有其他辦法吧?那你為什麼要等到逼近絕對零度，讓我發現這羽毛呢？

「哈。」少年H笑了。「妳覺得呢？」

「所以，你是想讓我發現什麼？」鍾小妹眨著大眼睛，看著少年H，她是一個何等聰明之人，一瞬間，就明白了少年H的用心良苦。「你想讓我知道，自己真正的心情？」

「呵呵。」少年H眼睛微彎，瞇起了一個好慈祥的表情。

彷彿是一個大哥哥，一番苦心被疼愛的小妹發現時的溫柔。

「嗯。」鍾小妹慢慢起身。「放心，天師，我一定會把這片羽毛帶到印度古神身邊，一定。」

「我相信妳一定可以的。」少年H微笑。「因為妳是我的老友鍾馗，萬分疼愛的小妹啊。」

「嗯。」鍾小妹眼眶又泛了淚。

鍾小妹忽然又懂了，少年H為何願意如此賭上可能被絕對零度殺死的危險，也要幫助自己？

原來，是因為哥哥鍾馗？

一直到現在，鍾馗哥哥還默默的守護著我嗎？

哥哥……

只是，當少年H走出了暗巷，他的腳步停住了。

他昂著身子，動也不動。

卻隱約可見，原本滴滴答答淋在他身上的冷雨，竟然開始緩緩化成了濃烈的蒸汽，而他身體的影子，周圍也默默散發出熊熊火焰般的殺氣。

沒錯，正是殺氣。

是誰能讓溫文儒雅的少年H，放出這樣豪霸的殺氣？

「我知道你來了。」少年H冷冷的說。「但我建議你，不要對那個女孩出手。」

雨中。

一個影子微微顫動了一下。

這影子體積不大，只有手掌大小，而且還是奇特的長方形。

「我知道女神派你來介入我與白鷹的戰鬥，但——」少年H殺氣越來越強，周圍的雨蒸散的面積也越來越大，竟然直衝上數公尺的高度，遠遠望去，此刻的少年H像就是一尊滅世鬥神。「我和白鷹的戰鬥已經結束，所以，如果你想趁機對那女孩出手……」

方塊影子又顫抖了一下。

「**我將視你為真正的敵人。**」少年H一字一句，斬釘截鐵的說，「**並，用上百分之百的實力。**」

用上百分之百的實力？這句話，說明了兩件事：第一，少年H的決心，還有，少年H絕對不會手下留情。

此刻的少年H若是不手下留情?究竟會有多可怕?

下一秒，方塊影子發出遮掩恐懼的笑聲。

「H，咯咯，我可不敢和你打。你可是H，先後逃出濕婆與女神的攻擊，咯咯，還可以和阿努比斯對峙到現在的高手。」那方塊影子的聲音尖銳而細薄，一聽就讓人覺得不舒服。

「你用上百分之百的實力，我可能只會變成一張廢牌，我不想這樣玩啊!」

「那你還留在這裡?」少年H的語氣如大雨般冰冷，而身體周圍蒸開的白霧，絲毫不減。

「我馬上回去了啊，確認白鷹沒事之後，我馬上會回去了。」這方塊影子，不斷的縮小，

「對不起，對不起，我馬上滾啦!」

說完，方塊影子突然從地面飛起，化成一張上面畫著小丑的撲克牌，東倒西歪的飛著，不一會，就消失在這片冷雨之中了。

目送著這張牌離開，少年H身上的蒸汽慢慢減弱。

然後，他笑了一下，又恢復了少年H原本的輕鬆笑容。

「唉，對這種欺善怕惡的人，好像只能兇一點了。」少年H一笑，然後又回頭看了暗巷中那正慢慢起身的鍾小妹。

「鍾小妹啊鍾小妹，這去找印度古神路上，應該還會遇到不少困難吧，但我相信以妳的聰明和意志，一定沒問題的。」少年H笑。「因為，妳找到了自己堅強的理由了。」

是啊，只要有堅強的理由，就沒有什麼東西可以擊敗妳了。

「然後，」少年H仰著頭，手握著黑蕊花，「我也要去實現我堅強的理由了。」

我要去把黑蕊花交給比爾和貓女，可以想見，敵人最強的猛攻，一定在那裡等著我們。

一定在那裡等著我們啊。

就在少年H擊敗了白鷹，並且以氣勢完全震懾住小丑牌的同時，同樣的林口，另一個男人走到了一個專門販售進口車的營業據點。

「我要一台車。」那男人身穿著豪氣的黑大衣，他的臉不是人，而是胡狼。

不過幸好這裡是地獄遊戲，沒有自以為是的大人，所以遊戲設定的店員一樣露出專業的笑，對這個胡狼臉的客人一鞠躬。

「您要什麼車呢？您的預算在哪呢？您的用途是代步或是載全家出遊？您需要多少座位呢？」店員說起話來，與實際的銷售員沒兩樣，打算用最短的速度，探出你買車的需求。

然後再決定要給你咖啡，還是把你晾在旁邊。

「都不是。」

「那是什麼？」銷售員訝異，此人的回答嚴重超出了他的設定範圍。

「我要拿來撞人。」黑衣男子笑。

「啊？」

「所以，給我最會跑、最會撞的車子吧。」黑衣男子從口袋中掏出了一張信用卡在日光燈下，映出冷硬的黑色。

這是一張黑卡。

刷卡金額無上限，縱橫全球都享有最高待遇的，黑卡。

「好，當然好。」銷售員也許沒有接待過這樣的客戶，但他可還認得黑卡，這個，是和現實世界的銷售員最接近的設定。「以客為尊嘛。」

數分鐘後，一台車從車庫中開了出來。

黑色，敞篷，雙渦輪，霸氣，簡潔，尊貴。

「H啊，」車上的黑衣男子戴上了墨鏡，大笑，「我阿努比斯，來了。」

便利商店附近，正坐在超商椅子上，以平板電腦上網的比爾，突然笑了。

「貓女，看樣子，妳的朋友來了。」

「嗯。」貓女點頭微笑，她與比爾一同關注整個林口戰局，透過超級電腦的偵察，她非常清楚少年H剛剛經歷過的兩場戰役：其一，擊敗入魔的眼鏡猴；其二，擊敗白鷹荷魯斯，驚險救下鍾小妹。「他來了，帶著黑蕊花來了。」

而就在兩人閒聊之際，那家超商前面，一台腳踏車停了下來。

騎士單腳踩地，露出陽光般的微笑。

不是別人，正是少年H的專屬笑容。

「東西到手了。」少年H從口袋中掏出了那朵有著黑色花瓣、閃爍著墨黑色光芒的黑蕊花。「比爾，貓女。」

「很好。」比爾伸出手，就要接過黑蕊花，「有了實體，我可以馬上透過專用的分析程式，解開這神秘寶物的秘密。」

只是，比爾的指尖捏住少年H掌心上黑蕊花之時，少年H卻微微遲疑了，似乎感應到什麼危險，但也只遲疑了零點零一秒，隨即手掌放鬆，讓比爾輕盈的夾走了黑蕊花。

然後，比爾將黑蕊花直接放到平板電腦上，並開啟了某個程式。

只見平板電腦的螢幕發出了淡淡的藍光，藍光包圍了上頭的黑蕊花，黑蕊花瞬間竟像是被X光照射，變得透明。

「我們開發了不少程式，和平板電腦與手機結合，可以解析一個人或是物品，瞬間找出那個人或物品的特質、功能、弱點，以及能量強弱。」比爾微笑，「這部分可是我和錢爸共同創造出來的。」

「嗯。」少年H看了黑蕊花一眼，眼神已經轉向了另一個人，貓女。

只見貓女眼神中漾著笑，也回看著少年H。

「剛剛比爾說，你違抗他調度的命令，自己深入眼鏡猴的地盤，搶下黑蕊花，然後救下狼人T？」貓女那雙金藍色眼珠，看著少年。

「好像是。」少年H抓了抓頭。「不過當時情況危急，再拖下去，黑蕊花丟掉事小，狼人T老友可能會被做成肥料去養香菇啊。」

「這樣有點危險，」貓女扠腰，「你知道嗎？」

「知道。」少年H吐了吐舌頭。

「下次不可以囉，知道嗎？」

「我知道啦。」

兩人談到這裡，忍不住一起笑了出來。

少年H從進入地獄遊戲開始，不知道經歷了多少苦戰，他總是悠閒自得，總是運籌帷幄，總是領導得宜，卻發現自己在面對貓女的責備時，只能像個孩子一樣認錯。

而貓女呢？獨來獨往慣了的她，向來不會去管別人死活，因為她能力夠強、速度夠快、判斷夠精準，她要勝利，根本不需要別人，但她卻忍不住對少年H的莽撞語出責備。

貓女會責備少年H，是因為關心。

而少年H會認錯，更是因為感受到貓女的關心。

這一剎那，兩人笑了，他們發現他們對彼此，好像多存在了一種情感，是縱橫人間與地獄的他們，從未感受過的情感。

雖然陌生，卻是暖暖的、讓人感動的一種情感。

而就在兩人互視一笑的同時，比爾的聲音傳來。

「欸？奇怪？」

「什麼奇怪？」少年H與貓女同時轉頭。

「這黑蕊花的程式，也未免太簡單了吧？」比爾取出了一個彎曲型的鍵盤，接在平板電腦上，然後手指紛飛，輸入了一連串複雜無比的指令。

平板電腦接受到這一串指令，也立即做出了反應，包圍黑蕊花的藍光頓時轉為綠色，綠色之後是紅色，三色互相轉換，似乎在使用不同的精密系統，檢測著這被眾人爭搶的神秘寶物。

但，系統越是轉換，解析的數據越是跑出，比爾的表情就越是嚴肅。

「怎麼？」貓女低聲問。

「這黑蕊花的程式……」比爾語氣困惑，「未免也太簡單了。」

「簡單？」

「一個所有玩家追逐的道具，應該如此簡單嗎？」比爾表情嚴肅，「這簡直就像是一般的道具……」

「這到底？」少年H和貓女面面相覷，正當他們要開口說話時，忽然，他們感到周圍的空氣一震。

是的，空氣在震動。

基於一種直覺，他們同時看向便利商店的大片透明玻璃，然後，他們看見了兩盞刺眼的車燈，接著下一秒，玻璃碎裂，一台黑色唯美的跑車，竟然就這樣直接撞了進來。

這一剎那，彷彿進入了慢動作，千萬枚細碎玻璃飛散，桌椅騰空，貨品爆裂，人們驚駭得大叫。

但，這一下猛烈的撞擊並沒有傷害到便利商店中的三人。

因為他們是少年H、貓女，以及天使團的第二把交椅，比爾。

貓女一個後空翻，在晶瑩飛舞的玻璃中旋轉，美妙而輕盈的躲過了跑車的這一撞。

少年H則是雙腳踩著太極圓形步伐，一手負在後，一手畫圓，將所有飛撞而來的物體都化開，包含了細碎的玻璃。

而比爾呢？

這個坐穩天使團第二把交椅，事實上則是實力最強者，他在這一瞬間，從口袋中抽出了手機，然後對準了眼前的跑車。

他抽手機的樣子，快、狠、準，竟像是西部牛仔掏槍，然後，比爾身體往後飛縱，同時大拇指滑到了手機中間，按下了……輸入。

手機？這時候抽手機要幹嘛？

正當貓女與少年H感到微微納悶之際，夜空，一個亮點，忽然閃了一下。

「好樣的。」少年H忽然笑了。

「果然好樣的。」貓女似乎也感受到了這亮點的威力。

下一刻，短過人眼眨動的時間，一道筆直、粗大，幾乎透明的光束，就這樣從天而降，直接轟中跑車。

跑車車頂還來不及被雷射貫穿，竟然就在這樣的光束下，銷熔，然後化成氣體。這雷射的溫度與能量，未免也太駭人了吧？

「這是什麼？」貓女語氣敬佩。「好強的能量，而且為什麼是從天而降？」

「這叫做死光，來自大氣層外的殺手衛星。」比爾微笑，「透過我寫的 APP 程式，控制了宇宙間的衛星，三台衛星能夠精準的定位地面上的物體，然後第四台殺手衛星射出死光，穿過大氣層，將對手徹底擊殺。」

「嗯，來自大氣層外啊？」少年H眼睛微微瞇起，姑且不論死光的威力，這種隱藏在外太空的武器，基本上是不可能被擊落的，更何況，這個比爾到底在外太空中藏了幾台殺手衛星？

「你有幾台殺手衛星？」想到這，貓女突然感到背脊微微泛涼，剛剛的攻擊不只快，重點是因為來自遙遠的天際，攻擊模式無聲無息，換作是自己，能躲掉嗎？

抑或說，就算她能躲掉一條，如果這樣的攻擊連綿不絕，她能躲開幾條雷射？

「當然，不止一台。」比爾露出了得意的笑，「當年，爭奪西方地盤的團隊，還有一個在黎明石碑上名列前十的殺手樓團，我就是用死光，只用了十秒鐘，就將他們完全殲滅。」

「嗯，死光？」貓女笑了一下，這個比爾果然厲害，而且等級似乎和自己與少年H接近。

只是，當貓女沉吟之際，忽然，少年H低聲提醒。

「雖然是死光，但駕車的人是『他』，所以，這樣的攻擊肯定殺不了『他』的。」

他？

下一秒，所有人都懂了，因為那柄獵槍。

拿著獵槍，身穿黑色大衣，渾身散發驚人霸氣的男人，雙腳懸在空中，睥睨著底下的眾人。

他在笑，然後，獵槍對準了眾人。

「和各位通知一件事。」阿努比斯冷笑。「那黑蕊花，我要了。」

說完，扳機扣下。

數十枚暴怒的子彈，從獵槍中怒衝而出。

「搞清楚狀況好嗎？」貓女眼中閃過殺氣，「現在你可是一對三。」

說完，她輕盈一縱，貓女驚人的體術毫不保留的展現，腳尖輕踩住飛馳而來的子彈，在子彈間優雅跳躍，最後到了阿努比斯的面前。

「哼。」阿努比斯只來得及哼一聲，貓女雙手構成的十道抓痕，就這樣將他的身體切成了十一塊。

的樣子。

「而且，我們三個，戰鬥等級可都不在你之下。」貓女收爪，冷笑。「請你搞清楚！」

「聖甲蟲。」阿努比斯身體雖然被切成了十一塊，卻在下一秒，再次重生，回復了本來的樣子。

「用上了聖甲蟲了？阿努比斯啊，算你識相。」貓女笑，「那接下來的安卡和烏加納之眼呢？你怎麼用這些伎倆擊敗我們三個？」

貓女不愧是和阿努比斯同樣生於古埃及的神祇，一語道破了阿努比斯的三大秘器。

「你以為我不行嗎？」在聖甲蟲綠色光芒的包圍下，阿努比斯回復了本來的樣子，而他的獵槍，再次指向貓女。

「來啊。」貓女往前一竄，高速的身影繞著阿努比斯狂奔，將阿努比斯所有的攻勢，都完全困住。「比爾，你在嗎？」

「在。」比爾拿著手機，露出愜意的笑容。「貓女，有何指示？」

「我會困住阿努比斯，你就用剛才的死光，不斷的轟擊他。」貓女太了解阿努比斯。「聖甲蟲和我的九命有異曲同工之妙，只是他能不斷再生，你就用你的衛星死光持續轟擊他，他的回復力遲早會被消耗殆盡，到時候就回天乏術了。」

「了解。」比爾繼續笑著，慢慢的拿起手機，眼睛瞇起，對準著眼前的阿努比斯。

「哼。」阿努比斯手上的獵槍不斷射出子彈，但無論何種子彈，甚至是烏加納之眼與安卡的合璧，都對付不了貓女。

因為正高速繞著阿努比斯的貓女，身體已經泛起了桃紅色的可視靈波光芒。
這樣的光芒下，貓女將自己的速度提升到了極致，阿努比斯的子彈再多、威力再強，追不上貓女就是追不上，只能不斷跟在貓女背後繞圈圈，就是追不上她。
而阿努比斯也沒有試圖用肉體，撞出貓女形成的圈圈，因為他知道貓女爪子的厲害，他若硬是往外闖，恐怕會先被切碎。
只是短短的數秒鐘，擅長戰鬥的貓女，就完全掌握了優勢，將阿努比斯逼入了死角，只差最後一擊了。
比爾的最後一擊。
「天空上的殺手們，總共，一百二十四台殺手衛星，全部對準！」比爾一笑。「攻擊！攻擊！」
只是，相較於貓女的自信，一旁的少年H眉頭卻微微皺起。
他很了解阿努比斯，因為他們曾是夥伴，更是並駕齊驅的對手，他比誰都清楚，阿努比斯肯定知道自己一對三沒有勝算，但他為什麼敢來？他手上應該還有牌，埃及諸神裡面，不是還有一個瑪特嗎？為什麼他還選擇一個人來？
他會一個人來，只有一種可能，那就是他有足夠的自信，能夠一打三而能大獲全勝。
但「一打三」不可能大獲全勝……
因為無論是自己，還是貓女，甚至是比爾，都是僅次於大神等級的高手，更有足夠的應變力壓制阿努比斯的絕招。

「一對三」不可能贏，那阿努比斯為什麼還願意來？但，如果問題不在阿努比斯，而在……一對三呢？

難道，這根本不是一對三？

忽然，少年H想起了當他要把黑蕊花拿給比爾時，那一瞬間的遲疑，內心一種奇怪的聲音，正在和他說，等一下，眼前這個人，需要再等一下……

然後，少年H放聲大吼。「貓女！小心！」

「啊？」貓女回頭，詫異。

「攻擊！」比爾的聲音已經結束，而天空中再次微微閃爍。

「什麼？」貓女一愣，然後殺手衛星的死光來了。

「中。」比爾笑。

「中。」阿努比斯也笑。

一剎那，貓女感到全身發燙，那是被數萬焦耳的能量轟擊的那種熱。

只是這樣的熱僅持續了零點零零零零一秒，因為所有的熱，已經被另外一個人彈開。

「H？」貓女一瞬間，又是一陣熱，只是這次的熱，貓女比較喜歡，因為少年H抱住了她。

然後另一隻手，畫出驚人太極，把所有的死光都折射到了一旁。

整整一百二十四台死光的能量之強，竟讓能化解靈核彈的少年H，都露出了吃力的神情。

轟。

上百束死光來自四面八方，每一束都精準的攻擊著少年H身體的每個方位，只見在瘋狂落下的死光中，少年H罕見的收起了輕鬆神情，笑得有些吃力，以雙手不斷化開天空而來的死光。

死光太強，竟然讓少年H一次用到雙手。

反觀眼前兩個男人，露出了優勢的笑。

「貓女，妳從頭到尾都說錯了，不是一對三。」阿努比斯與比爾並肩而站。「其實，是二對二。」

「你！」貓女瞪著比爾，「你背叛我們？」

「我沒有背叛任何人。」比爾搖頭，「我從頭到尾的目的都只有一個，就是解開女神的程式，如今，只是方法有些改變而已，以前是擊敗女神拿到程式，現在是擊敗你們，女神會把程式給我。」

「你！」貓女抱著少年H，而天空上的死光不斷轟下，綿延不絕，反而將少年H和貓女兩人困住。

「沒有你或不你的，貓女，妳的九命只能在同一個地方再生，這是妳的致命傷。」阿努比斯慢慢的說著，貓女了解阿努比斯的三項聖器，而阿努比斯又何嘗不了解貓女的弱點？「這死光只要一直轟擊同一個位置，妳再生九次就會自動毀滅，所以少年H才會冒險將妳推開，自己承受這些死光。」

「真是聰明。」少年H不斷化開死光，苦笑。「老友，但你別忘了，我們還有夥伴。」

「你說誰？」阿努比斯看著少年H，也笑了。「是少了心臟的狼人T？還是吸血鬼女？」

「嗯，難道……」少年H微愕，忽然，他腰際的手機響了起來。

當貓女拿起手機，看著螢幕的來電顯示，輕聲說：「是吸血鬼女打來的。」

「接。」少年H表情嚴肅。「擴音。」

當貓女按下了接通鍵，傳來的聲音，竟然不是吸血鬼女。

而是一個低沉、嚴肅、專業的女子聲音。

「很抱歉，」那女子是這樣說的，「我不是吸血鬼女，我是瑪特。」

「嗯。」少年H深吸了一口氣……

「會用她的手機打給你們，我想，結果我不用多說了。」瑪特沉穩的聲音這樣說著。「吸血鬼女，現在不方便說話。」

「所以……」

「她真的是一個優秀的戰術高手。」瑪特輕嘆了一口氣。「我會懷念擊敗她的過程。」

只是，當少年H聽到一半，他忽然發現，手機傳出來的聲音，與外頭的另一個說話聲互相重疊，他一抬頭，赫然看見，一個戴著透明無框眼鏡，身穿墨綠色套裝的女子，正朝著他們走來。

「呵呵，」那女子關上了手機，露出微笑。「請容我自我介紹，我就是瑪特。」

「瑪特。」貓女的手，抓緊了少年H的衣袖。「H，小心，如果是她，吸血鬼女可能真的敗在她手下。」

「嗯。」

「看樣子，你們都肯定了瑪特的實力，那容我再算一次數學。」阿努比斯慢慢的把獵槍放在自己的肩膀上。「現在不是一對三，更不是二對二，現在正確的算法，應該是……三對二吧？」

三對二？

少年H和貓女互望了一眼，以他們如此高的戰鬥等級，立刻明白此刻情況的險惡。

阿努比斯，在女神甦醒後，其實力絕對不在少年H之下。

比爾，天使團中最強者，掌握外太空所有的殺手衛星，從他的死光群能困住少年H看來，就可以得知他的實力。

最後一個登場的，是讓吸血鬼女連求救訊號都發不出來的女子，瑪特。

這三個人的戰鬥等級，與少年H和貓女都在相同的級數。

「看樣子，情況真的很糟糕啊。」少年H忽然笑了。「對吧？貓女。」

「對啊，真是糟透了。」貓女看著少年H的笑，也忍不住笑了。

「所以，我們能做的事情，好像只剩下一件囉。」少年H眼睛慢慢瞇起，又是他招牌的調皮表情。

「嗯，懂。」

「那就是……」少年H雙手忽然迴旋展現一個明亮的太極，在太極美麗的迴旋之下，原本強勢危險的死光，竟順著太極繞了半圈，然後對準阿努比斯等人，轟了過去。「落跑啦！」

落跑！

只見挾著超驚人能量的死光直轟向阿努比斯三人，炸出了漫天的塵土。

漫天的塵土中，所有人的影子都離開了自己的位置。

「我們排出這樣豪華的陣容，」阿努比斯低沉的嗓音從塵土中傳出，「就是要完全困殺你，H，你們逃不掉了啦！」

從塵土激起，到落下，約莫三分鐘的時間，五個影子開始糾纏在一起。

他們，在死鬥。

當戰鬥等級高到一定的程度，只要一秒就能分出生死，更何況是這塵埃遮掩的三分鐘？

五個影子中，隱約可見阿努比斯的聖甲蟲、安卡，與隱約穿透而出的烏加納之眼的綠色雷射。

還有，貓女的尖叫聲，只是這尖叫聲忽高忽低，忽遠忽近，表示貓女始終維持在一個驚人的高速下前進，甚至，還有一個方形物體不斷出現，這不就是貓女的大絕招「哆啦A夢的任意門」嗎？

另外，若從遠處看去，便可以看見在這團塵土的上空，數百束驚世駭俗的巨大死光，正一道一道的，不斷往下轟下。

這表示此刻的地球外，數萬英尺之遙，有上百台殺手衛星已蜂擁而至，一波接一波的射出毀滅性死光，肆無忌憚的追殺著地表上的敵人。

而操縱這些外太空狙擊手的人物，正是比爾，背叛者，抑或說，一個唯利是圖的男人，他代表著一種人類，那就是過度聰明，也過度貪婪，這樣的人類就是黑暗混亂的根源。

塵土之中，還有一個神秘窈窕的女子身影，影子晃動間，隱約可見她的掌心打開，一個天秤出現。

天秤一出現，整團塵土立刻變得濃烈而隱晦，彷彿試圖遮掩她的絕招。

最後，是一個少年身影，就算是塵土中的剪影，彷彿都能感受到他獨有的冷靜與輕鬆，他雙手揮動著太極圖騰，在其他四個影子之中不斷穿插，他的存在，讓整團塵土中的戰鬥，維持著一種平衡。

三對二，就算是強弱懸殊的三對二，如果有這個少年身影在，似乎就誰也拿不到勝利。

那少年，正是被人喻為H的天師，少年H。

「阿努比斯，我佩服你的智謀，這一局，看樣子黑蕊花真的是你的了。」少年H的笑聲依然令人感到舒服。「不過，下一局，我可要搶回來。」

「嘿。」阿努比斯聲音低沉，那是同樣令人舒服的聲音，只是多了點威嚴，「我沒打算讓你有機會在下一局搶回，H啊，別怪我心狠手辣，我要在這裡就收拾了你。」

「嗯，但我不想和你打啊。」少年H笑了，忽然，他的影子的手一伸，抓住了一旁貓女的手腕。「貓女，玩夠了，我們走吧。」

「就等你這句話。」貓女甜笑。

「哼。」阿努比斯正要出手阻止，忽然，他的手停了。

不，是他的動作停了，像是感受到什麼似的，陡然停住。

然後他的頭急仰，往上看去。

他看到了什麼？

是什麼讓穩操勝機的他，眼露詫異？

場景，急急拉回台北火車站，整個地獄遊戲的核心區域。

這裡的地板，被人用粉筆畫上了好幾個大圈圈，從最外的圈圈往內看去，一百公尺，繼續往內，五十公尺，再往內，二十五公尺，然後往內，十公尺，一公尺……

過了一公尺線，繼續往內看去，是四支椅腳。

再順著椅腳往上，到了椅面，是一本名為「鑄劍師」的書。

書本用書籤夾著，是怕忘記看到了哪裡，拿來做記號的。

只是，這裡有粉筆記號，這裡有一張椅子，這裡有一本用書籤夾著的書，但……人咧？

抑或說，神咧？

那個名為女神、至今保持全勝，就要打開夢幻之門的超強怪物咧？

台北火車站大門邊，兩個正在吃滷味、看電視牆的男人，他們也有了動作。

土地公眼神陡然綻放殺氣，就要起身。

但他的手臂，卻被對面賽特的手，牢牢抓住。

「吃東西吧。」賽特一手繼續夾東西吃，另一手則像是鐵鑄的般，緊緊扣住土地公的手。

「這不是我們的戰爭。」

「你……」

「你的老友想要阻擋女神，女神親自出手，又有何錯？」賽特搖頭，手上泛起黑到宛如黑洞的恐怖光芒。「這，不是我們該干涉的戰爭，蚩尤，你不會連這道理都不懂吧？」

蚩尤？

賽特已經直接喊出土地公元神之名，表示，他的決心。

一旦土地公出手，自己便戰鬥到底的決心。

而這一剎那，土地公背後的灰色靈氣，陡然擴張，又緩緩下降。

「賽特，哼，雖然我不肯承認，但這次你說得對。」土地公坐下，又重新拿起筷子，然後用一種遺憾的眼神，瞄了門口一眼。「他們要推翻女神，所以女神出動，合理。」

「我們的工作，是避免其他神魔胡亂介入，漁翁得利。」賽特一笑，「土地公啊，如果你出手了，肯定是管太多囉。」

「呵呵，是嗎？其他神魔……包括我嗎？」土地公笑。「所以你也是來牽制我的？」

「你不也是來牽制我的？」賽特也笑，「咱們半斤八兩，就別鬧了吧。」

「嗯。」土地公嘆了好大一口氣。「好吧，只能隨緣啦。」

隨緣嗎？

但，就在土地公放下了手臂，坐回本來位置的同時。

他的影子背後，一個小小的灰點，飛了出去。

而這個小灰點飛出去的同時，賽特的眉毛微微往上一挑，卻沒有動作。

以他的靈力，當然能感受到土地公的動作，但又決定不加干涉，因為，這個小灰點，不是朝著女神的方向去的……這灰點，似乎是朝另一個女孩的方向而去。

而土地公卻意外的心臟猛然一跳，這一跳，是因為剛剛突然感受到了少年H。

不，他感受到的是少年H，又不是少年H。

土地公皺起眉頭，是「那個人」？「那個人」的氣息為什麼突然湧現？

「該死，」土地公露出罕見焦慮的神情，「如果是那個人，的確有可能躲過我的靈力感應，但……現在出現，這不就表示糟糕了，一切都糟糕了嗎？」

灰點，在空中以高速蜿蜒飛行，鑽過大樓的陰影，竄過夜市的街巷，更在樹影下滑行，最後，它竟然飛入了車站內，還順著人群，搭上了一台車。

一台往東部直衝的火車，名為太魯閣號。

灰點在一節又一節的車廂之間高速滑行，滑過一個又一個正在玩手機、打瞌睡、對著窗外發呆的人們。

最後，它終於減速了。

停在一個纖細的女人肩膀旁。

只見，那女人手掌往上托，接住了這枚來自土地公的奇異灰點。

「幹嘛？」那女人笑起來，帶著三分妖媚，「這時候又突然想起我？」

灰點在她的手掌上跳啊跳的。

「喔，有事要我出手？可是，我現在要去東部，因為那個唯一可以救蒼蠅王的男人，藏在東部。」那女人笑了一下，「事實上，可以醫治蒼蠅王的人有兩個啦，但其中一個滿肚子壞主意，超愛改造別人，他一定會亂改造蒼蠅王，像是改造羅賓漢一樣……」

灰點仍在跳。

「嗯，又是H的事啊。」女人嘆了一口氣。「真搞不懂你們男人，好啦，我會想辦法。」

灰點的跳躍微微減緩了。

「這蒼蠅王的羽毛。」九尾狐看著窗外的天空，越往東部，就越是美麗的海洋與藍天的交響曲。「我先交給那個人，接下來，我會搭最快的一班車回來。說吧，你要我做的那件事……」

灰點的跳躍已經接近停止。

「去找，」九尾狐歪頭，吸了一口氣，「那個叫做小桃的女孩？不懂？」

小桃？

為什麼要找小桃？

土地公勘破了什麼玄機？而女神離開了椅子，又會對少年H造成什麼影響？

地獄天劫

答案，很快揭曉。

在這短短的三分鐘塵土飛揚中，五個影子，突然，變成了六個。

這第六個影子，先是讓阿努比斯吃了一驚，隨即，他手上的獵槍微微一頓。

「妳？」

「是我。」那第六個影子，用很溫柔的聲音說。「阿努比斯，你做得很好，如果不是你，困不住他的。」

困不住他？阿努比斯這一剎那，眼神移向了正在影子間自由移動、優游而強大的那個少年。

「所以……」

「所以，我親自來收拾戰局了。」那第六道影子，輕輕一縱。

在迷濛的塵土之間，她的影子像是沒有重量，優雅而美麗，卻又快速而精準，追上了少年H的影子。

「啊？」以少年H之能，也在最後一瞬間，才明白他的背後，多了一個人。

而且就在一瞬間，少年H明白了，那個人，竟然是她。

「是妳？女神？」少年H臉上先是極度詫異，但剎那就回復了平靜，因為他明白，已經沒有辦法可以逃脫了。

三大強者的包圍，將少年H與貓女困了三分鐘，在這樣的情況下，他躲不掉女神的攻擊，百分之百，躲不掉了。

「妳，還真是夠厲害。」少年H嘆氣微笑，然後，女神伸出了雙臂，那纖細的雙手，就要給少年H一個擁抱。

「這是女神的擁抱，」女神溫柔的說，「請接好喔。」

「這就是讓蒼蠅王專司殺神的『命運之矛』碎裂的……女神的擁抱嗎？」少年H看著那雙纖細的手臂，離自己越來越近。

看似纖細孱弱的雙手，看似緩慢溫柔的動作，事實上，已經將少年H全身上下九九八十一條生路全部封鎖，生路盡封，除了等死，少年H真的不知道自己還能幹什麼？

「結束了。」阿努比斯閉上了眼，別過了頭。

他知道，自己是戰士，不該做出這樣的動作，但，身為H的老友，身為這陷阱的佈局者，他卻不忍看到結局。

「女神的擁抱」是女神唯一的肉搏招數，也因為唯一，所以幾乎強到無可抵擋，阿努比斯可以想像，當少年H被擁抱時，他的身軀會先開始柔軟的分解、破碎，然後是蘊含在身軀內的能量，也開始被蒸發，蒸發殆盡之後，最後，是靈魂。

連靈魂也會被「女神的擁抱」釋放，短短的數秒擁抱，會徹底的，將少年H這個人、這個形體，徹底的從地獄中抹滅。

這就是女神的擁抱。

這就是女神唯一的肉搏招數，唯一，但也是無敵。

「嗯。」只是，當阿努比斯閉上了眼，他卻感受到一股風。

這風很微，但很快，更帶著一種無與倫比的決心。

那是一個人懷抱著深刻的，犧牲自己也在所不惜的決心時，奔跑而產生的風。

這樣的微風？讓阿努比斯再次睜開了眼睛。

然後他看見了，女神的擁抱，圈住了一個人。

那個人，竟，竟不是少年H。

而是少年H口中嘶吼的……

「貓女！」

是的，是貓女！

她在少年H被抱住的那一瞬間，身體狂奔，狂奔之中，打開了哆啦A夢的任意門，然後直接出現在女神的臂彎裡。

接著，臂彎一合，女神頓時將貓女摟住。

「貝斯特？」同時間，女神訝異了，因為她認識的貓女，是不會為其他人犧牲生命的。

「妳應該知道，『女神的擁抱』對付的可不是形體，而是直接蒸發靈魂，所以妳的九命，對我而言，是無用的喔。」

「知道。」貓女眼神看向少年H，表情依然溫柔。「但我也知道，這一切，是值得的。」

「貝斯特，妳真的變了，以前妳的速度沒這麼快，這，就是妳變強的原因嗎？」女神眼睛，專注的凝視著貓女。

那眼睛，深刻而銳利，彷彿在與一個老友告別。

「也許，當我學會了保護別人，我就變強了。」貓女笑，然後身體開始消散，是的，她的九命，無法對付女神的擁抱，她的形體已經開始破碎，靈魂也開始蒸發。

然後，是少年H的怒吼。

「給我放開！」混亂的少年H，他陡然伸出了手，緊緊攫住了女神纖細的手臂，五指青筋暴露。「女神，給我，放開。」

「女神的擁抱，等同一個毀滅性的結界，豈是……」

「給我，放開！」少年H的眼睛，這一剎那轉為赤紅，而他的短髮，也全部都宛如火焰般，往上豎起。

他的手指，已經陷入了女神的手臂中，甚至，隱約可聽到女神手臂骨頭迸裂的聲音。

「哎啊，怎麼可能打破我的擁抱？除非……」女神的眼睛睜大，似乎發現了什麼……

「你？」

「給我！放開啊！！！！！！」

然後她的手臂突然崩了一聲，被少年H用五根指頭折斷，少年H不只用五根指頭折斷了女神的手，更重要的，是他打破了結界。這個雙眼泛著血紅、全身氣息混亂如火的少年H，竟然破了女神的擁抱！

少了女神的臂彎，貓女破碎的形體頓時失了依靠，往旁邊倒去。

正好倒在，已經全身赤紅的少年H懷中。

少年H全身通紅，眼睛更是紅到宛如可以滴出血來，全身爆發的殺氣，已經讓他完全不像少年H了。

他抱著貓女，全身殺氣混亂，已經瀕臨崩潰的邊緣。

「哎啊啊。」在一旁的女神看著少年H，忽然像是明白了般，笑了。「這些年，所有人都在猜，你在哪?沒想到，你竟然藏在這裡啊？」

「貓女……」而少年H像是沒聽到一般，只是看著自己懷中的貓女，好亂，整個氣息都完全亂了。

「H，」貓女在被抱住的那一秒，表情好溫柔、好溫柔，看著少年H，「對不起，我放不下。」

「放……不下？」

「我啊，實在沒辦法讓別的女人抱你。」貓女笑得溫柔，笑得深情。「你不會怪我吧？

H。」

「怪……」少年H看著貓女，他的眼神中，除了怒火，更多的，卻是亂。

那不知道該如何是好的亂，極度的亂，他想要用雙手仔細將貓女破碎的形體拼回，卻無能為力。

完完全全的無能為力。

「別露出這樣的眼神嘛，H。」貓女溫柔的微笑，「這樣我會很心疼的。」

「貓女，貓女，貓女。」少年H不斷低語，此刻的少年H真的不像以往的他，現在的他，真的全亂了。

就在此時，比爾的手悄悄的往上抬起，那手機對準少年H。

那召喚殺手衛星的APP，緩緩的對準了少年H的背。

「如果我是你，我就不會出手。」女神轉過頭，對比爾一笑。

「啊？」但女神的提醒慢了一步，比爾的APP程式已然啟動，天空又是微微一閃，一道雷霆萬鈞的死光從天而降，直接轟中少年H的身軀。

轟然一聲，少年H完全沒有用任何的卸勁，但，原本應該讓少年H重傷的攻擊，此刻卻完全無效。

完全無效。

而且，少年H反擊了。

他抱著貓女，身體瞬間消失，然後再次出現的時候，已經在比爾的面前。

「啊？」比爾詫異，然後他的肚子，就破了一個洞。

手中就算擁有上百個 APP 程式，能召喚滿天的殺手衛星，卻完全沒有辦法防禦少年H這快到連鬼魅都會恐懼的攻擊。

比爾的肚子破了，手上的 APP 程式，連按下去都來不及，但少年H的攻擊，可沒有因此而停下來！

「好快……」然後是瑪特，她手一翻，就要喚出天秤，下一次眨眼，她卻不敢動了。

因為，少年H那混亂、憤怒、悲傷的雙眸已經在她的面前。

砰。

少年H拳頭揮過，瑪特的頭，順著少年H的拳頭，在脖子上快速轉了三圈。

強如瑪特，也沒練過這樣的脖子功，三圈過去，頸椎碎得一塌糊塗，連脖子的皮膚都擰斷了。

「女神，站我後面。」阿努比斯自然是三人中最強的一個，三項聖器同時現蹤，組出了一個金字塔結界。

這已經是阿努比斯最強的招數了。

但金字塔，卻只是讓這個瘋狂的少年H微微停頓一下而已。

少年H一手抱著貓女，一邊嘶吼，然後直接撞入金字塔之中。

「金字塔，收住他！」阿努比斯雙手一合，金字塔快速收攏，將少年H包圍在內，但，沒用。

因為少年H稍一停頓，雙手忽然合掌，一個金色氣旋從他背後散開，毫不客氣的撞破了這個金字塔。

看見自己的金字塔瞬間瓦解，阿努比斯只來得及低哼一聲。

「老友……」

然後，阿努比斯的雙臂，啪啪兩聲，就這樣被少年H扯了下來，而且只有阿努比斯看清楚少年H的攻擊方法，他沒有出掌，更沒有出拳，他只是雙手合十，宛如誦經。

如此謙卑而虔誠的姿態，使出的招數，卻如此可怕、如此恐怖！

而且更讓失去雙臂的阿努比斯納悶的是，少年H此刻的金光是怎麼回事？以往他不是黑白雙色的可視靈波嗎？為什麼會變成金色的？而且如此強？如此巨大？簡直就像是……女神一樣！

「哎啊。」女神看著發狂的少年H，只是笑著，然後當金光閃爍，少年H到了女神面前。

「很強嘛。」女神只是笑，「不過，你終究沒逃過你自己說過的『劫』，你糟糕啦。」

「……」少年H喘著氣，全身泛著金色火焰，眼看就要再次合掌。

「你，入，魔，了。」

少年H聽到入魔兩字，先是愣住。

然後，女神的頭微微朝前，然後把嘴巴附在少年H耳邊，輕聲說了兩個字。

「你說是嗎？聖……」

「吼！吼吼吼吼！」聽到這兩個字，少年H突然發出尖叫，不再攻擊女神，反而帶著一團如火焰般的金光，衝散了這片塵土，帶著貓女，衝上了天空，在一片不停的冷雨之中，不斷咆哮，最後消失在天空的遠處。

最後，女神目送著飛馳而走的金光，她露出一個似笑非笑的表情。

「當年，我們四個聚會的時候，就屬你最強，可惜……」女神輕語，「最慈悲的你，因為太強，因為太完美，所以必須面對最殘忍的劫，入魔。」

「但，一旦入魔，也就算是廢了。」女神把眼神移向地上那三個人。「除非這百年中你已經想出辦法來避開這一個劫，不然肯定沒救了。」

地面上，躺了三個人。

肚子破了一個大洞的比爾。

頭被扭了三圈的瑪特。

還有雙臂被拔下的阿努比斯。

「你們三個也辛苦了，遇到神就是這樣啊，難免斷手斷腳的。」女神溫和一笑，「不過，現在不到戰局結束的時候，所以，還是救你們吧。」

說完，女神拿起了死者之書，書，早已打開，而一張牌，也早已拿在手上。

魔術師。

專司幻術的魔法牌，魔術師。

「魔術師的幻術，請解開。」女神輕語，手上的那張魔術師牌，上面一個穿著燕尾服，燕尾服上綴著各色花俏寶石的男子，忽然露出一個戲謔的笑，然後一個鞠躬。

當這男子彎腰答禮，女神周圍的景色，陡然改變。

原本已經躺在地上、斷肢殘幹的三具屍體，消失了，取而代之的，是正常的三人。

拿著智慧型手機的比爾、手持著天秤的瑪特，還有肩膀上扛著獵槍的阿努比斯，只是他們的表情都同樣帶著幾絲的驚恐。

「剛剛，那是什麼？」比爾握著手機的手，正在微微發抖。「我剛剛想要儲存少年H的程式碼，卻……存不下來？因為這程式碼龐大到超越了我的電腦容量。」

「那是誰？」瑪特雖然以冷靜著稱，此刻的嘴唇也微微泛白。「剛才若不是女神及時使用魔術師牌，製造幻影，我的頭，真的會被他扭下來，此人不是少年H，他是誰？」

「能在一招之內，殺敗我們三個的，就算是浩瀚的地獄世界，也只有四個人。」阿努比斯眼神看向了女神。「伊希斯，妳是其中一個。」

「當然，但那個人不是我。」女神微笑。「自然也不是退出遊戲的濕婆，還有正坐在台北火車站外，和賽特喝酒聊八卦的蚩尤，」

「所以……」

「就是他。」女神仰著頭，似乎在惋惜。「只可惜，無悔無求的那個人，卻必須面對最艱難的劫數，天劫，他入了魔，唯一一個可以逆轉戰局的人物，已經失效了。」

這一秒鐘，所有人都懂了，少年H最後發狂前變化而成的「那個人」，究竟是誰了？

「可是……」瑪特似乎還想問什麼，但又住了口。

因為，她發現，女神竟然露出了疲態。

如今，在地獄遊戲中，已經沒有任何對手的女神，竟然露出了些許疲態。

「女神……」

「與濕婆對決後，剩下三成力量，與蒼蠅王戰鬥，又耗去了不少靈力；剛剛強行啟動魔術牌，雖然『那個人』在少年H身上，確實是入魔的狀態，但也是神等級的力量，迫使我必須將魔術牌的力量完全驅動，如此下來，真的有些累了……」女神閉著眼，輕輕揉著太陽穴，

「距離午夜十二點，還有多久？」

「一個半小時。」

「黑蕊花如今在阿努比斯手上。」女神輕輕的說，「蒼蠅王剩下一片羽毛，少年H與那個人一起入魔，這一個半小時，應該會很平靜才對。」

「嗯。」

「阿努比斯，瑪特，請你們幫我守住最後的時間，而你呢……比爾？」女神轉過臉，看著這個主宰大氣層之外的電腦奇才，比爾。「你願意幫我們嗎？」

在女神的注視下，比爾發現，自己有種奇妙的感覺。是感激。

無與倫比的感激。

感激女神這樣抬舉自己。

「當然。」比爾眼睛瞇起，「為女神服務，是我的榮幸，但關於那個程式……」

「嘻嘻，你腦袋還真清楚，就算我這樣拜託你，你還是不會忘記契約內容啊？」女神一笑，「不愧是天才加上首富，夠聰明也夠勢利，好，等夢幻之門一開，我會讓你看我完整的程式，如何？」

「謝女神。」比爾笑得很開心。

此刻的戰況，就如同女神所言，非女神團已經全面潰敗了。

少年H入魔後，抱著貓女逃走；蒼蠅王剩下一片羽毛；吸血鬼女敗給瑪特之後，生死未卜；狼人T的心臟被眼鏡猴挖出，如今更被鑽石A給帶走，獵鬼小組可以說是幾乎瓦解。

而天使團呢？

先是最強的比爾倒戈，然後麥可傑克森陣亡，二十三號也在眼鏡王蛇的突襲下犧牲了自己；小桃要逃，並通知夥伴拯救吸血鬼女，但任務顯然沒有成功……剩下的，只剩下天使團號召者，錢爸，還有一個管理結界的小五。

他們兩個，顯然都不是戰鬥型的人物。

姑且不論時間剩下一個半小時，就算給他們一個半月，他們也沒有任何本錢，來逆轉女神了。

這樣的訊息，雖然沒有被放送到各大螢幕，但也無聲無息的，悄悄的渲染開來了。

網路上、手機的 line 上，還有任何可以互相溝通的介面上，這個訊息正在蔓延。

而不斷爆發的零星戰鬥，也慢慢減少。

因為所有的玩家都開始在等待了。

等待，午夜十二點的到來。

最強的團體完成，最接近破關條件的女神，還有，這個地獄遊戲最後的一刻。

在這片等待中，卻仍有幾個人，懷抱著某種決心，不斷移動。

第一個，是剛到花蓮車站，遞交物品的女人。

「這東西給你。」這女人，是九尾狐。

而九尾狐口中的「你」，皺起了眉頭。

「這是羽毛？這靈力的感覺？這是蒼蠅王的東西？」對方好厲害，瞬間就猜出了羽毛的來歷。「可是又與蒼蠅王有些不同？這是天使級的蒼蠅王嗎？」

「猜到了。」九尾狐笑，「所以你可以救他嗎？」

「我為什麼要救他？」對方臉上，一隻眼睛被頭髮遮蓋，還有好幾條宛如蜈蚣般的手術疤痕。「你可知道，項羽是我的好友？他是殺死項羽的人。」

「這是好問題。」九尾狐聳肩，「所以，如果你不救他，你可以把羽毛丟掉，我不會介意。」

「妳不會介意？那妳幹嘛千里迢迢從台北送來？更耗盡資源把……隱居多年的我逼來這裡？」對方嘴角揚起。

「我不會介意啊，」九尾狐甜笑，「因為我知道能拯救這羽毛的人，地獄裡只有兩個，但我又不想給華佗，就決定給你了。」

「哼。」

「而我更相信，你除了對地獄醫學有驚人的造詣之外，你更是一個明事理的人。」九尾狐捏了捏那片羽毛。「蒼蠅王的確是一個壞蛋，他為了擁有更大的權力而瘋狂，還有耍帥的雙重性格，但……地獄政府一旦少了他，你知道後果嗎？」

「嗯。」

「現在女神就要破關了，無論埃及神系是否能重新取回地位，地獄政府管轄的上億亡

地獄天劫

靈，還是需要被保護，最佳的保護者就是地獄政府，而能夠管理地獄政府的，就屬這個雙重人格的怪咖了。」九尾狐聲調溫柔，說出的內容卻是鏗鏘有力，字字震撼。

「嗯……」

「但坦白說，我沒有那麼介意你是否要救他啦，反正天下大亂我又不會死，」九尾狐溫柔媚笑。「而且我原本還是一個專門搗蛋的妖怪欸，聖女貞德差點就死在我手下。」

「那，妳為什麼要來送這羽毛？」

「因為，我喜歡上了一個很奇怪的男生。」九尾狐的表情，在此刻不再魅惑，但卻美得讓對方屏息。「那男生，明明是天字第一號的壞蛋，卻又比誰都關心這個地獄與人間，害我都失去立場了。」

「呵。」對方了然於心的，笑了。

「那麼，我走囉。」九尾狐轉頭，看向台灣鐵路那標示著最近車班的牌子。「我馬上就要趕回台北，去忙下一件事了。唉，我明明就是鑽石皇后，黑榜上的壞蛋啊，一直做好事，這樣對嗎？」

「呵呵。」對方拿著羽毛，看著九尾狐，又看了看這羽毛，對方也笑了。「妳說妳是鑽石皇后，我還是黑桃J哩。」

「對啊，我們都是地獄政府通緝多年的大壞蛋，」九尾狐笑，「真是半斤八兩。」

「但，我們現在卻要攜手救地獄政府的執掌者？」對方繼續笑。

「雖然有點奇怪，但好像很好玩。」

「既然有點好玩，那就做吧。」對方微笑，「畢竟，我們之所以變成壞蛋，就是因為我們夠離經叛道，就讓我們繼續不受控制下去吧！」

「嗯。」九尾狐踏著雍容華貴的步伐，走進月台之前，像是想到了什麼，回過頭，看著那個拿著羽毛的男人。「對了，等到這地獄遊戲的事件結束，改天……」

「改天？」

「我們幾個倖存的黑榜十六強，」九尾狐甜笑，「一起喝杯酒，怎麼樣？」

「當然。」對方也微笑。「記得，要活下去。」

「你也是，把你捲進來後，你也要活下去喔。」九尾狐溫柔的說，「黑桃J，怪醫黑傑克。」

看著九尾狐離開的背影，這個穿著黑色斗篷，身上永遠藏著數不盡手術刀的男人，久久都不動。

然後，他慢慢把手上的羽毛拿起，對準著火車站的燈光，仔細的瞧著。

「我會活下去的啦，」黑傑克自信的笑著，「而且我也知道，這羽毛實在太珍貴，華佗一定會來搶，因為他一輩子都在找『可視靈波』的靈魂，但，我向來不怕他，不是嗎？」

等到這地獄遊戲結束後，我們幾個倖存的黑榜十六強，一起喝杯酒吧。

只要，我們活下去。

踏上了火車，九尾狐收起了剛剛與黑傑克會面時的輕鬆。

她撥了電話，電話響了兩聲後，通了。

「喂。」九尾狐聲音甜膩，「謝謝你咧。」

「嗯。」電話那頭，沉默了半晌，吐出一個支支吾吾的害羞男生聲音。「不、不、不會啦。」

「你很棒啊，是你侵入了地獄遊戲的網路，才能找到這個藏身在花蓮的怪醫黑傑克。」

九尾狐聲音非常溫柔，像是在疼愛小孩子。「你真的很厲害啊。」

「沒、沒有。」對方笑得好害羞。「妳、妳能稱讚我，我很、開心。」

電話那頭，到底是誰？竟然能像天使團的比爾一樣，侵入了地獄遊戲的網路，然後找到藏匿多年的黑傑克蹤跡。

而且從九尾狐的語氣聽來，對方似乎與九尾狐認識已久，還是一個害羞的男生。

「你真的很棒啊，」九尾狐語氣溫柔，「嘻嘻，那，如果我再請你幫一個忙，可以嗎？」

「儘、儘管說。」光聽聲音，就可以感覺到對方已經臉紅了。

「我想請你再幫我找一個人。」

「沒問題，妳要找誰？」

「小桃，好像本來是天使團的。」

「嗯？妳說的是，那個天使團的小桃嗎？」對方沉吟了一會，「沒問題，我已經侵入了地獄遊戲，很快就會找到那個名為小桃的……咦？我找到了，但是……」

「但是怎麼？」

「她和一個非現實玩家纏鬥，情勢非常的危險！」

「啊？」九尾狐一愣，「那怎麼辦？」

「我會想辦法拖住她和非現實玩家的戰鬥，九尾狐，妳要多久才能下車？」

「她在哪？」

「林口。」

「大約一個小時。」九尾狐語氣肯定。「你拖得住嗎？」

「對方是等級約莫四百的超強非現實玩家，」電話那頭沉吟了一會，「但我想，我可以拖住她！」

「我會盡快趕到的。」

「只是……九尾狐，請妳……」突然，對方害羞的囁嚅起來，「不要忘記答應我的事。」

「我知道啦，」九尾狐笑，「你想要偵測我的程式對吧？你果然和比爾一樣。」

「呸呸，我才和他不一樣，我追求的不是完美的程式，而是吸引我的程式。」對方語氣好害羞。

「放心啦，倒是你，阻止小桃被殺時，可要撐下去。」

「我知道！」

掛上了電話，九尾狐推開了正在高速行駛的火車窗戶，像是一隻精靈般從窗戶鑽了出去，然後站在火車車頂上，迎著獵獵吹來的風，她背後展開了數條美麗的尾巴。

「既然趕時間，只好抄捷徑了。」九尾狐一笑，身體順風一躍，隨著強勁的風，她展開了背後的尾巴，而尾巴輪轉，宛如一架美麗的螺旋槳。

螺旋槳轉動，登時將九尾狐的身軀帶起，飛行了起來。

「一個小時，應該有辦法飛過幾個城市，然後到林口吧？」九尾狐背後的尾巴一震，速度開始陡然上升。「你可要撐住咧，白老鼠。」

白老鼠？

那個曾經在新竹區稱霸一時，後來突然消聲匿跡的玩家？

原來是他出現了，比起比爾設計軟體的絕頂聰明，白老鼠擁有的是，侵入他人主機的駭客能力，難怪他能侵入地獄遊戲的主機，盜取出黑傑克的位置，但，他畢竟是一個人類，他有辦法拖延住母獅神，拯救小桃的性命嗎？

台北，火車站。

「欸，蚩尤，去吧。」忽然，賽特挪了挪身子，把通往大門的路讓了出來。「你很想出去對吧？」

「嗯？」

「剛剛南方的林口突然爆出驚人的靈能，」賽特看著土地公。「雖然靈能散亂而破碎，卻能讓人感受到其中的純淨與潛力，這應該是神級的力量，但再這樣破碎下去，就算是神，也命不長久了。所以，你想去幫他，對吧？」

「……」土地公眼睛注視著擺在地上的一盤盤滷味，卻沒有動。

「自從那能量衝出來之後，你就幾乎不再說話了，」賽特看著土地公，「這件事非關女神，所以你去吧，我不會阻你的。」

「啊？」

「……」土地公沉默了半晌之後，才慢慢的說，「我不會去。」

「因為，這是我與他的比試。」土地公仰著頭，看著門外。「我不能插手，因為，他必須自己面對，因為這就是真正的輸贏。」

「嗯。」賽特歪著頭，純黑色的雙眼，透露出些許了解、些許疑惑的光芒。

當年，蚩尤與那人的對決，其過程雖然神秘而隱諱，但經過了人們的想像與轉述，也變成了一種傳說。

究竟，蚩尤與那個人，到底比了什麼？

而真正的勝負，又是什麼呢？

看著眼前土地公緊皺雙眉、表情嚴肅的模樣，少年H的入魔，似乎就是整個勝負的關卡。

「唉，難怪，難怪……」土地公自言自語著，「當年一看到H這小子，就有份熟悉感，原來那老頭把一部分靈魂託付給他。不過，天劫終究還是來了啊！老頭，我到底是希望你贏？還是希望你輸呢？」

忽然，土地公眼前多了一個啤酒罐。

土地公一抬頭，他看見拿著啤酒罐的手，來自賽特。

「幹嘛？」

「喝酒。」

「嗯。」

「按照人類的規矩，如果整件事自己已經盡了力，只能安靜等待結果的時候，不如就來一罐，放鬆一下，事情自然會過去的。」賽特咧嘴笑。「喝吧，蚩尤。」

「哈哈。」土地公也笑了，接過了這啤酒，食指扣住拉環，啪的一聲，泡沫湧出，啤酒應聲而開。「賽特，你是在說和心愛女人表白以後，對方還在考慮的時候吧？男人就是要喝啤酒？」

「差不多就是這個意思啦。」賽特的啤酒罐與土地公的啤酒罐，鏘的一聲，互相撞擊。

「喝酒，喝酒。」

「是啊，喝酒。」土地公眼睛瞇起。「加油啊，無論是『那個人』，或是『H』，你們一定過得去的！」

你們一定過得去的！

陰冷的雨，不斷的落著。

一滴雨，滴入某棟大樓後方的防火巷，撞到了防火巷小小的屋簷，迸裂，然後碎裂的水珠順著地心引力繼續往下。

其中一滴碎裂的水珠，滴到了幾絲的黑髮上，然後由球形轉為細流狀，順著黑髮往下。滴過了黑髮，滴到了一雙眼睛上，被眼珠上的睫毛阻擋，往外微微一彈，最後落到了臉頰上。

最後，甚至與臉頰上原本的水混在一起。

臉頰上原本的水，是暖的、是鹹的，雨水一混入其中，登時也變成鹹暖水的一部分。

那個水又有著另外一個名字，叫做淚。

混入淚的水，繼續往下滑動，滑過了下巴，直接落到了另一個軀體之上，之所以用軀體兩字，是因為這軀體少了完整人體該有的重要元素，那就是生命力。

而這個軀體，數十分鐘前，原本還活蹦亂跳，甚至可以以超越肉眼的速度，刺殺任何她想刺殺的對象，以及……保護她任何想保護的人。

而她，選擇了後者，也就是保護。

於是，她的九命盡數破碎，如今只剩下一具沒有生命的軀體。

擁有了鹹度和溫暖的雨水，在這女子身上滾了幾圈，然後就被她的衣服吸附了。

吸附在一大灘同樣暖鹹的淚水中。

這雨珠，也在這一剎那，短暫的，擁有了感情。

似乎能理解這淚水主人的悲傷。

如同，理解了這女子為了保護淚水主人的犧牲與勇敢。

「H。」雨水在失去短暫意識前，從女子身上，浮現了這樣的一句話。「保護你，我，今生無悔。」

少年H在哭。

數千年前，一個女孩以自己的身軀去擋住元帥的刀，而成為少年H永恆的夙願，於是貓女穿越時空回到當時，破解了少年H的夙願。

但，如今，貓女卻做了一模一樣的事。

以自己的身軀迎接了女神最後也最強的肉搏，「女神的擁抱」。

九條命，瞬間消耗殆盡，化成一個殘破的軀體。

又是一模一樣的處境，唯一不同的有二：一是，此刻少年H除了歉疚，還有很重很重，重到自己都無法明白的傷心。

另一個，是上次有貓女跨越時空來化解夙願，而這一次，已經沒有貓女了。

因為貓女已經死了。

死了。

「吼！！！！！！！」

少年H仰起頭，放聲嘶吼，嘶吼到聲音沙啞，嘶吼到喉嚨乾裂。

但，冷雨仍在下。

沒有停。

一點停下來的跡象都沒有。

「入魔了。」女神坐回了台北火車站的椅子，閉上眼。「這是最強者的宿命。」

「嗯。」一旁的阿努比斯沉默著。

「少年H與那個人一同作廢了，蒼蠅王的羽毛就算被九尾狐送去了黑傑克那，也來不及在一個小時內回來了。」女神語氣低沉，似乎剛剛少年H的入魔，也對她心情造成了影響。

「阿努比斯，我們差不多可以宣佈了。」

「宣佈……」

「女神團，」女神慢慢的說著，「就要成為地獄遊戲中，絕無僅有的超強團隊……」

「所以……」

「今晚，」女神嘴角淺淺揚起，雖是笑容中卻帶著一絲寂寞，「我們，就要破關了！」

整個地獄遊戲異常安靜。

距離女神訂下的挑戰日期，剩下最後一個小時，但已經沒有挑戰者了。

所有的玩家都在等待，等待這漫長的歲月，夢幻之門開啟的瞬間。

「錢爸，」天使團的老五，拿著電腦，走到了錢爸的面前，「我們，是不是輸了？」

錢爸蒼老且疲倦的臉沒有說話，沉默了數秒之後，卻吐出了完全不相干的內容。

「小五，現在天使團只剩下你一個，所以我想和你討論幾個問題。」

「喔？」

「剩下一個小時，要阻止女神破關，我想，是不可能了。」錢爸說到這，微微一頓，然後嘆了一口氣。「因為可以阻止她的人，不是死就是傷，要在一個小時內復原，根本不可能。」

「我也是這樣想。」

「但有幾個問題真的很奇怪。」錢爸說到這，眼睛瞇起。「你知道我以前是在科技業上班，對疑點這東西特別感興趣，第一個疑點，就是黑蕊花。」

「黑蕊花？」

「這道具算是出現得莫名其妙，在極難的條件下誕生，像是鬼魅一樣出現在所有人面前，所有人都明白這東西可以扭轉戰局，所以賣命去搶，但……它真正的功用到底是什麼？」

「嗯……」

「我做一個假設，如果它是地獄遊戲最後的防禦機制，」錢爸沉吟，「預防挑戰者破關的最後機制，因為女神出現，所以黑蕊花才會突然出現，這樣推論合理吧？」

「合理，」小五抓了抓頭，「但我想不出黑蕊花能做什麼？要怎麼防禦破關？難道它是一種超級破壞性的武器？或是一個絕世高手？」

「我也曾經這樣想過，但這樣合理嗎？破關條件原本就是『最強者破關』，遊戲如果再派一個更強的高手去對付她，這樣有什麼意義？這不是一個遊戲的基本精神。」

「那是什麼？」

「以我的直覺，」錢爸又沉吟了半晌，才開口，「與其說黑蕊花是要擊敗最強者，不如說是，給其他強者一個機會。」

「聽不懂……」

「其實，我也不太確定自己在說什麼，但，多年來當工程師，然後帶領工程師，當到科技主管的直覺，經驗告訴我，這題的解法並不是表面的算式，而是其他的答案。」錢爸說到這，臉上微微一紅，「哎，在科技業待久了，有些思考的習慣改不掉。」

「嗯，算式的答案不在本身，而在另外一個算式裡面嗎？」小五喃喃自語，「只是，現在黑蕊花也落在女神手上了……」

「這就是糟糕的地方！」錢爸嘆氣，「要救我的女兒，就只能擊敗女神，連這不知名的最後王牌都失守了，機會真的很渺茫。」

「嗯，那第二個疑點是什麼？錢爸。」

「是那些小程式。」

「小程式？」

「還記得我們以超級電腦偵測非現實玩家時，得到的資料嗎？」錢爸說，「娜娜與吸血鬼女，竟然都擁有一個不完整的小程式，兩個人湊起來，剛好是那個程式的三分之二，換句話說，還有三分之一的程式，沒有被我們偵測到。」

「是啊，我也不太懂，這到底是怎麼回事？」小五又抓了抓頭。「那第三個人到底是誰？」

「對，這就是關鍵。」錢爸蒼老的眉頭皺起，「第一個問題是，娜娜與吸血鬼，這兩個人有什麼共通點？那個共通點就會是那個程式存在的主因！如果我們知道那個共通點了，也許，就可以找出第三個人了。」

「找出他們三個人之後呢？」

「我不知道。」錢爸摩挲著雙手。「只是我有感覺，與黑蕊花類似的感覺，這三個程式湊在一起，會是一把鑰匙，釋放某種力量。」

「三個程式湊齊，會釋放某種力量？」小五歪著頭，這樣的情況，他好像有印象，地獄遊戲中，是否發生過類似的事，三個東西湊起來，某個巨大無比的力量就被解放出來了。

當時，主導者是阿努比斯，被釋放的是女神，現在三個小程式湊齊，難道也是類似的功能嗎？

「嗯，當然，還有第三個疑點。」

「還有疑點？」

「你知道為了拯救我女兒，我可是費盡心思的想著。」錢爸苦笑，「第三個疑點，就是狼人T的心臟。」

「嗯。」

「狼人T的程式非常簡單，表示著他是一個單純而生命力強韌的個體，但，卻掛上了一個極度複雜、極度精密，以至於容易受傷的動力源。」錢爸說，「那顆心臟除了讓狼人T白狼化之外，肯定還有其他的能力。」

「嗯，所以才被人搶走嗎？」

「對，那個能力如果這麼價值連城，恐怕也會對整個地獄遊戲最終結果造成影響。」錢爸說到這，再次吐了一口氣。「以上，就是我找出的三個疑點。」

「錢爸老大，呵呵。」

「嗯？」

「你真的很愛你女兒吧。」小五看著錢爸，「不然以你對遊戲的陌生，不會想出這麼多的資訊，你肯定是，拚命想，拚命想，拚命想吧？」

「呼。」錢爸苦笑。「知道這麼多疑點，但又怎麼樣？黑蕊花在女神手上，三個小程式的功用？以及第三個程式在哪？我們也不知道。最後狼人T的心臟到底被哪個神魔盜走，我們也無可奈何。」

「倒也不是完全沒線索喔。」小五淡然一笑，「老大，你忘記，除了我們，還有一個人可以監視玩家的程式了嗎？」

「你是說……在新竹區域稱王的白老鼠？」

「是啊，在曹操出現之前，他曾經率領玩家盤據過新竹一段時間……」小五微笑，「他可沒死，我們透過他，也許可以找到第三個程式，如果他也會蒐集程式，或許早就找到了。」

「有道理。」錢爸表情堅毅。「雖然，時間只剩下一個小時。但，我們就盡人事，聽天命吧。」

「嗯。」

「小五，」錢爸說到這，慢慢的起身，「我已經把所有的話，都和你說了，剩下，就交給你了。」

「交給我？」

「我也該去做我該做的事了。」

「呃？」小五表情完全不懂，睜大眼睛看著錢爸。

「最後一個小時，女神若完成願望，我想，我大概永遠無法讓我的女兒回來了。」錢爸慢慢的拿起手上的西裝外套，緩緩穿上。「所以，身為爸爸，該去做最後一點事情了。」

「錢……錢爸？」這剎那，小五懂了，他懂錢爸要幹嘛了！

「這裡到台北火車站，大概需要二十五分鐘。」錢爸慢慢的朝著門外走去。「一定能趕在十二點以前到吧？」

「錢爸！」小五聲音顫抖著，拚命的顫抖著。

「就讓我這個老傢伙，」錢爸整好西裝外套，蒼老的身軀挺得筆直，無比傲氣，像個爸爸一樣傲氣，「當最後一個，挑戰者吧！」

台北火車站。

與女神對峙的，是一個面容和藹、卻西裝筆挺，看起來有些年紀的中年男子。

他，不正是沒多久前，和天使團的小五談話的那個人，錢爸？

錢爸，已經來到女神的面前了？

那麼，女神呢？

「我所依附的身體，正告訴我，你是我最不想面對的挑戰者。」女神離開了椅子，謙卑而溫柔。「而身為女神靈魂的我卻在說，你可能是比蒼蠅王和少年H更可怕的對手！」

「是嗎？」錢爸拉了拉西裝外套，筆直而驕傲。「妳知道，這套西裝我很喜歡，我原本，打算在我女兒出嫁時，拿來穿的。」

「嗯。」女神垂下了眼睛。

「如今，我只希望，能穿上這件西裝，」錢爸微微笑，「牽我女兒的手回家。」

「嗯。」

「請拿出您的實力吧。」女神語氣溫柔，用了她從未用過的敬語。「我以女神團團長的身分，接受您的挑戰，天使團團長。」

下一秒，空氣中的溫柔，迸裂。

取而代之的，是父女對決時，那痛徹心腑的，冰冷。

* * *

少年H入魔，貓女重傷瀕死，吸血鬼女慘敗生死未卜，小桃被母獅王追殺生命危險，白老鼠趕去救援，狼人T失去心臟陷入昏迷。

女神剩下一個小時就要封王，身邊有著拿著獵槍的阿努比斯，擁有神秘能力的瑪特，還有一個背叛者比爾。

如今，女神即將面對她軀體最不願意碰到的對手，錢爸。

此刻，就算天使團與獵鬼小組合作，還是走到了接近全盤皆輸的地步。

只是，最後那三個線索究竟是什麼？

地獄天劫

黑蕊花、三個小程式，以及狼人T的心臟。
這三個線索是否能逆轉戰局？是否能替少年H與貓女找回最後一線生機？
請看，地獄十二。

尾聲

又是萊恩餐廳。

這次坐在餐桌前的人，很粗壯，笑起來很豪邁。

他不是別人，竟然是狼人T。

「不錯吧？」萊恩餐廳遞上了菜單，「每一集都拍得要死要活的你，竟然有機會來到這個萊恩餐廳？」

「哈哈哈，」狼人T大笑，「對啊，據說這家餐廳專門招待沒有出場的人物，沒想到有一天，我也會坐到這裡？對啦，有沒有機會找H來坐一下。」

「他喔，可能很難喔，結束連載的時候再看看。」萊恩微微一笑，「在點餐之前，要不要先宣佈一下下集預告。」

「不要。」狼人T堅定搖頭。

「不要？」

「我才不要做說謊的事。」狼人T鼻子噴出了兩口白氣。

「不不，Div才不是說謊！」萊恩大笑，「只是Div無法控制自己的腦袋，原本要寫的東西，總會改變。」

「是嗎？」狼人T哼的一聲，還是不情願的打開了桌上的信封，裡面果然有張下集預告的紙條。

裡面，只有一句話。

「唸出來吧。」萊恩說。

但，狼人T卻沒有說話，只是愣愣的看著紙條。

「唸出來吧，狼人T。」

「……」

「狼人T？」

「上面寫的是……」狼人T聲音竟然微微顫抖，「再次重逢，與西兒。」

再次重逢，與西兒。

「啊？」萊恩臉色一變。

「怎麼？」

「拿錯張了。」

「你！」

「真正的是這張。」萊恩急忙掏出了另外一張紙，上面寫的話，果然完全不一樣。

「嗯……湊齊三個程式的真正力量，唉，」狼人T嘆氣，「我比較喜歡上一張。」

湊齊三個程式的真正力量。

「那是下下一集的啦。」萊恩笑，「不過我必須提醒你一件事。」

「嗯？」

「如果是Div的腦袋，我真的真的真的……無法預料！」萊恩表情慎重，「也許兩件事會一起在下一集發生喔！」

「真的嗎？」狼人T握拳，「這樣我就有動力認真打架了！」

只是，在狼人T不注意之時，萊恩看著手上的這兩張紙，不由得重重嘆了一口氣。

「你竟然敢一口氣預告到下下一集，Div啊Div，這次，你真是玩太大了啦！」

湊齊三個程式的真正力量。

再次重逢，與西兒。

到底，哪件事會發生呢？

The End

作者　Div
封面繪圖　Blaze
美術設計　三石設計
總編輯　莊宜勳
編輯　施怡年

發行人　蘇彥誠
出版者　春天出版國際文化有限公司
地址　台北市信義路四段458號3樓
電話　02-2721-9302
傳真　02-2721-9674
E-mail　frank.spring@msa.hinet.net
網址　http://www.bookspring.com.tw
部落格　http://blog.pixnet.net/bookspring
郵政帳號　19705538
戶名　春天出版國際文化有限公司
法律顧問　蕭顯忠律師事務所
出版日期　二〇一三年三月初版一刷
定價　240元

總經銷　楨德圖書事業有限公司
地址　新北市新店區復興路45號3樓
電話　02-2219-2839
傳真　02-8667-2510

奇幻次元 28

地獄系列 第十一部 地獄天劫

國家圖書館出版品預行編目資料

地獄系列 第十一部 ，地獄天劫 ／Div 著.
一 初版. 一 臺北市：春天出版國際，2013.03
面； 公分. 一（奇幻次元；28）
ISBN 978-986-6000-57-7（平裝）

857.7　　102003051

ISBN 978-986-6000-57-7
Printed in Taiwan

S P R I N G

每一本好書都是一顆種子，
春天播種在你的心田夢土上。

S P R I N G

每一本好書都是一顆種子，
春天播種在你的心田夢土上。

S P R I N G

每一本好書都是一顆種子，

春天播種在你的心田夢土上。